書下ろし

深川慕情

取次屋栄三《えいざ》⑬

岡本さとる

祥伝社文庫

目次

第一話　たそがれ　7
第二話　老楽《おいらく》　77
第三話　奴《やっこ》と幽霊　151
第四話　深川慕情　227

大川橋
神田明神
湯島聖堂
石原町
永井勘解由邸
神田川
両国橋
日本橋通南三丁目
松田新兵衛宅
呉服町
「田辺屋」
入江町
竪川
横川
大川（隅田川）
六間堀
日本橋
茅場町
大番屋
富川町
北町奉行所
大原稲荷
小名木川
材木町
仙台堀
亀久橋
崎川橋
十万坪
京橋
八丁堀
永代橋
堀川町
深川
冬木町
京橋川
本材木町五丁目
「新・岸裏道場」
木場
南町奉行所
永代寺
三十三間堂

『深川慕情』の舞台

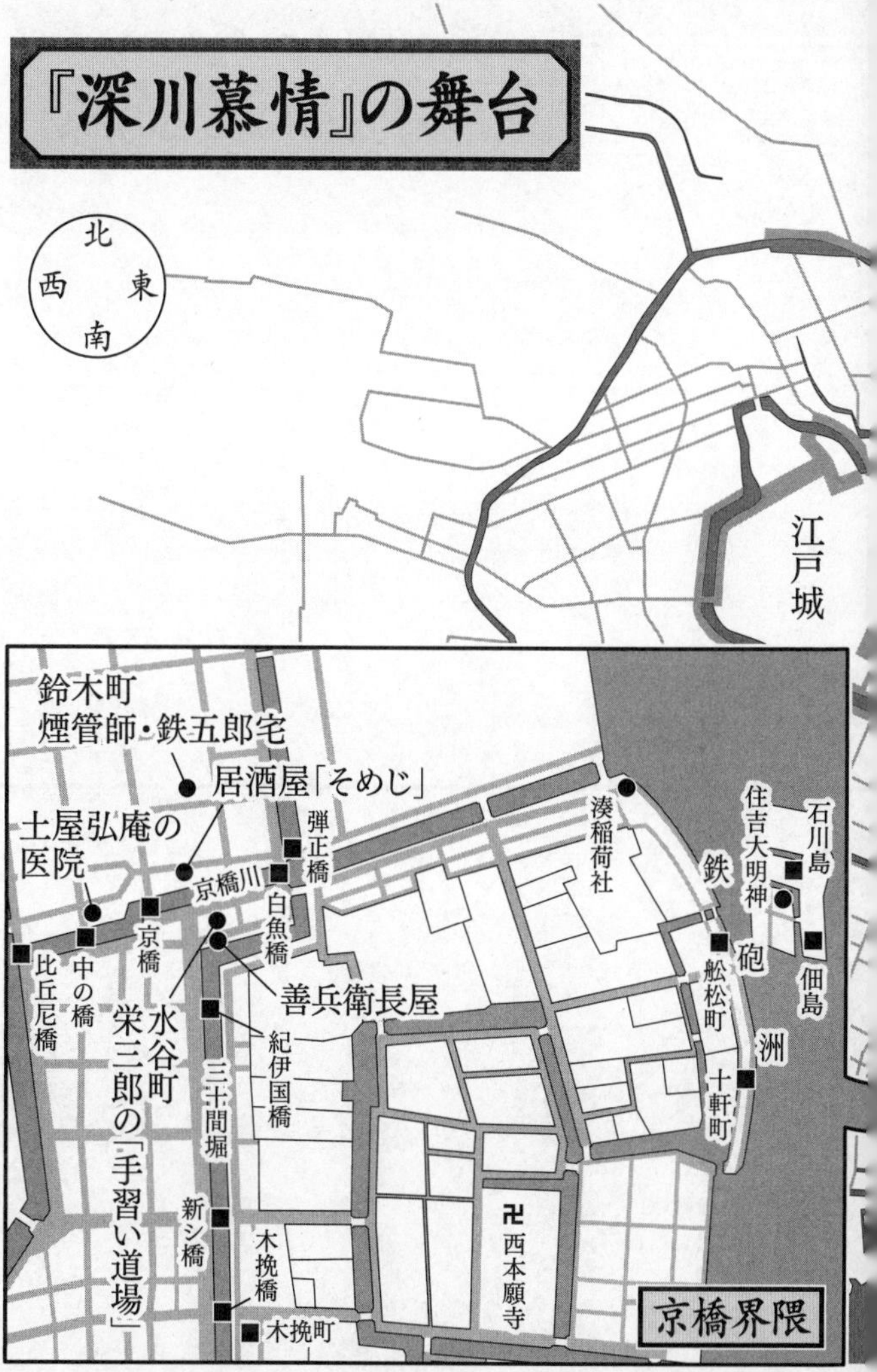
北
西
東
南
江戸城
鈴木町
煙管師・鉄五郎宅
居酒屋「そめじ」
土屋弘庵の
医院
京橋川
弾正橋
白魚橋
京橋
中の橋
比丘尼橋
善兵衛長屋
水谷町
栄三郎の「手習い道場」
紀伊国橋
三十間堀
新シ橋
木挽橋
木挽町
湊稲荷社
住吉大明神
石川島
鉄
砲
洲
船松町
十軒町
佃島
西本願寺
京橋界隈

第一話　たそがれ

一

「なあ、栄三《えいざ》先生よ、お前はどうして〝取次屋〟なんて稼業を続けているんだい」

前原弥十郎《まえはらやじゅうろう》が問うた。

「まあそりゃあ、手習い師匠だけでは食っていけませんからねえ」

秋月栄三郎《あきづきえいざぶろう》はさらりと応《こた》える。

「だがお前は、御旗本の永井《ながい》様の奥向きで、月に何度か武芸指南の出稽古《でげいこ》を務めているんだろう」

「ええ、二度ばかりですがね」

「二度ったたって、謝礼も出るんじゃあねえのかい」

「頂戴《ちょうだい》いたしておりますよ」

「手習いがすんだら、その場を剣術の稽古場にして、町の物好きに手ほどきをしているんだろう」

「どっちも大した実入りにもならねえんですよ」

「だがよう、今じゃあ手習い子の数も五十を超えているんだろう。おまけに、この

〝手習い道場〟の地主はお前を贔屓《ひいき》にしている田辺屋《たなべ》ときている。食っていけねえわけでもねえだろうが」

「そんなら、取次屋は道楽でやっているということにしておいておくんなさい……」

繰《く》り返される問いに辟易《へきえき》して、栄三郎の応えもいささかぞんざいになってきた。

「う〜ん、道楽か……」

それでも弥十郎は、投げ遣《や》りな栄三郎の応えに対しても腕組みをしてみせて、しかつめらしく頷《うなず》いた。

「町の者と武家の間を……、いや、人と人とを取り次ぐことに生き甲斐《がい》を覚えているってことか……」

――何を勝手に納得してやがるんだ。おれのことなら放っといてくれよ。

栄三郎は喉元《のどもと》まで上がってきたその言葉を呑《の》み込んで、

「そのように大層なものでもござりませぬが……」

仰々《ぎょうぎょう》しく武家言葉を発して畏《かしこ》まってみせた。

毎度のごとく、真《まこと》に面倒な男ではあるが、前原弥十郎は南町奉行所の定町廻《じょうまちまわ》り同心なのだ。見廻りの途中に手習い道場に立ち寄った時は、それなりに立てた物言いをしてやる栄三郎であった。

いつもならばこのあたりで、

「うむ、変わったことがないようで何よりだ。邪魔をしたな……」

と、固太りの体を揺すりながら、また市中見廻りへと戻っていくのだが、

「取次屋が道楽というのはわかった。それなら栄三先生、お前は手習い師匠として生涯を終えるつもりなのかい？」

弥十郎はなおも問うた。

決してからかっているのではない。

手習い所兼剣術稽古場の出入り口の上がり框《かまち》に腰をかけ、栄三郎を見る彼の目は真剣そのものである。

仰々しく武家言葉で応えることで、

「そろそろ帰ってくれ、こっちも忙しいんだよ……」

の意を伝えようとしたものの当てが外《はず》れて、

「手習い師匠として生涯を終える……？」

何のことだと栄三郎は首を傾《かし》げた。

「どう言って好いのか……。つまり、秋月栄三郎の本分は手習い師匠なのかってことだよ」

弥十郎は丸顔の中にある丸い目を真っ直《ます》ぐに向けてきた。

栄三郎にとっては真に下らぬ問いであるが、弥十郎の様子は相変わらず真剣そのものだ。

適当に応えるわけにもいかず、

「いや、某《それがし》の本分は秋月栄三郎であり続けるということでござる……」

栄三郎は静かに言った。

「まあつまり、剣客《けんかく》でもあり、手習い師匠でもあり、取次屋でもある。こんなごちゃごちゃとした男はなかなか世の中にはいない……」

「なるほど、だから栄三先生はごちゃごちゃが本分というわけか」

「いかにも。そういう秋月栄三郎のまま生涯を終えられたらこれほどのことはござらぬ」

「う〜む……」

弥十郎は感じ入って、

「大したもんだ。わかるような、わからぬような境地だが、おれより三つ歳上《としうえ》の栄三先生が、身分や生業《なりわい》じゃあなくて、己《おのれ》自身を極《きわ》めてこの先も生きてやろうと思っているとは畏《おそ》れ入ったぜ……」

つくづくと言った。

「いやいや、そう言いながら色んなものを諦《あきら》めているということですよう」

栄三郎は、こういう時必ず己《おの》が蘊蓄《うんちく》をひけらかして、ああだこうだと人の言うことにけちをつける前原弥十郎が、あまりに神妙な面持《おもも》ちで頷くので恥ずかしくなり、

「所詮《しょせん》は町の野鍛冶《のかじ》の倅《せがれ》が武家に憧《あこが》れて剣客の真似事《まねごと》をしているだけのことで、何をやってもたかがしれているから、せめて気儘《きまま》に生きてやろうと思っているだけでしてね……」

いつものくだけた物言いに戻って頭を掻《か》いた。

「気儘か……。色んなものを諦めて気儘に生きる……。おれは秋月栄三郎が羨《うらや》ましいよ……」

弥十郎はにこりともせず、やはり栄三郎の言葉を神妙な面持ちで受け止めた。

「羨ましいってことはねえでしょうよ。人も羨む八丁堀《はっちょうぼり》の、定町廻りの旦那《だんな》がねえ……」

栄三郎は守《も》り立てるように返したが、

「いや、役人なんてものは所詮窮屈《きゅうくつ》なものだ。まったくつまらねえ……。ふッ、あれこれ下らねえことを言っちまった。忘れてくんな。邪魔したな……」

弥十郎は力なく立ち上がると表へ出た。

「御勤め、ご苦労様にございます……」

栄三郎は少し呆気《あっけ》に取られつつ、弥十郎を見送った。

弥十郎は物思いに耽《ふけ》っていたが、ふと自分が栄三郎に弱みを見せてしまったのではないかと気になったのであろうか、

「先生、今度一緒に釣りでもどうだい！」

ことさらに明るく声をかけ何度もにこやかに頷くと、小者を引き連れ去っていった。

「ふッ、誰がお前なんかと釣りに行くかよ……」

呟《つぶや》く栄三郎の後ろで、取次屋の番頭である又平《またへい》がくすッと笑った。

「まったくあの前原の旦那だけは厄介《やっかい》ですねえ……」

「だが、今日はいつもと様子が違うぜ……。いってえ何を言いたかったんだろうな、あの真ん丸顔の固太りはよう……」

栄三郎はうんざりとした表情で又平を見た。

この日は初夏の陽気に心が弾《はず》む想いであったものを――。

ちょうど手習い子達が一日の学びを終えて家へと帰り、ほっと息をついた昼下がり

に、前原弥十郎がこの京橋水谷町《きょうばしみずたにちょう》にある手習い道場にふらりと現れた。

「子供達は帰ったのかい……」

小者達を表に待たせて入ってきた時から、弥十郎はどことなくいつもと様子が違っていた。

「よう先生、今日も好い日和《ひより》でよかったなあ……！」

だいたいが馴《な》れ馴れしく友達ぶって、弥十郎ならではの元気さをもって登場するのであるが、どうも第一声が湿《しめ》っていたのである。

それから手習い所の上がり框に腰をかけ、あれこれ話しかけてきた。

これは常のことである。

しかし、日頃は一方的に己が蘊蓄を語り聞かす弥十郎が、件《くだん》の会話のごとく、やたらと栄三郎に問いかけてきた。

「しかもよう、およそ人の話を聞こうとしねえあの男が、いちいち素直に頷いて何やら神妙な面《つら》をしてやがる。又平、おかしいとは思わなかったか」

栄三郎は又平に訊《たず》ねた。

「へい。あっしも同じ想いでございました」

「そうだろう。お前はこいつをどう見る」

「何かのきっかけで、こう、心に想うことがあったのですかねえ」

「そんなところだろうが、あいつが何かを心に想うと大抵ろくなことにならねえ」

「そいつは確かに……」

又平はしっかりと相槌《あいづち》を打った。

「また何か言ってきても、はいはいと聞いて受け流すとしよう」

「へい……。それにしても旦那は大したもんですねえ」

「何がだい」

「己の本分は秋月栄三郎であり続けること……。こいつを聞いた時は惚《ほ》れ直しましたぜ」

しみじみと言って目を細めた又平に、栄三郎は照れ笑いを浮かべて、

「おいおい、そいつはあの野郎の問いかけをかわすための方便だよ。他所《よそ》で言うんじゃあねえぞ」

と、手を振ってみせた。

「滅多と言うもんじゃあありませんよ。でもねえ、あっしは何だか誇らしかったですねえ」

「何が誇らしいんだよ」

「何といったって、ごちゃごちゃが本分ってえのが、おもしれえじゃあねえですか」

「ごちゃごちゃなら又平、お前も同じだよ」

「そうですかねえ」

「そうだよ。手習い師匠の手伝いをしているかと思うと、気楽《きらく》流剣術の門人・雨森《あまもり》又平にもなり、ある時は取次屋の番頭だ。こんなごちゃごちゃはなかなかいねえよ」

「こいつはありがてえ……。また、誇らしくなってきましたぜ」

「まあ、この先もごちゃごちゃと頼んだぜ……」

「任しておくんなせえ……」

主従のような、親分乾分《こぶん》のような、兄弟分のような二人は愉快に笑い合った。

互いに気儘な独《ひと》り身である。この日はさっさと手習い道場を片付けて、木挽《こびき》町五丁目の〝うちやま〟という料理屋へ初松魚《はつがつお》を食べに出かけた。

ここは手習い子の親が営《いとな》んでいる店で、滅法美味《うま》い料理を食べさせてくれるのだ。

ごちゃごちゃと生きているとこういう幸せにもたやすく巡り合えるものだと、栄三郎と又平は生姜《しょうが》醤油《じょうゆ》で初松魚に舌鼓《したつづみ》を打ち、前原弥十郎のことなどはすっかり忘れてしまったのであるが——。

「あいつが何かを心に想うと大抵ろくなことにならねえ……」

栄三郎の言葉はやはりきっちりと的《まと》を射ていた。

この日のいつもと違う前原弥十郎の登場が、ちょっとした騒動の始まりとなったのである。

翌日となって、今度は弥十郎の妻女・梢《こずえ》が栄三郎を訪ねてきたのだ。

二

梢もまた、手習い子が帰っていった直後の昼下がりにやって来た。

供の女中を表に待たせ、

「いただき物をお持ちいたしました……」

それゆえ遠慮なく収めてもらいたいと、彼女は干菓子《ひがし》を差し出したものだ。

「秋月先生に無沙汰《ぶさた》をいたしますと罰が当たるというものでございます……」

梢はにっこりと笑った。

梢は、時折秋月栄三郎を訪ねて手習い道場にやって来る。

何といっても、栄三郎は前原弥十郎と梢の婚儀に際して、二人の仲を取り次いでやった恩人であるからだ。

梢は弥十郎の従妹《いとこ》で、弥十郎は彼女を妹のように可愛《かわい》がってきた。固太りで丸顔、目も鼻も口もすべてが丸く、八丁堀の旦那にしてはどうも野暮ったい弥十郎に比べて、梢は見た目もすっとした器量好しで、幼い頃から弥十郎を兄のように慕《した》ってくれたから弥十郎にも特別な想いがあったのだ。

ところがその梢が、〝別式女《べつしきめ》〟になると言い出した。

別式女は、武芸をもって奥向きに仕《つか》える女武芸者のことである。

弥十郎は嫁にも行かず武芸に生きようとする梢の意図を測りかね、いったいどれくらい武芸を修めているか確かめ、大した腕でもないのなら別式女になることを思い止《とど》まらせてもらいたい、と二両の金を渡して栄三郎に頼んだ。

栄三郎は日頃面倒な男であまり関わり合いになりたくはない前原弥十郎ではあるが、梢へのやさしさ溢《あふ》れる想いに打たれ、梢の武芸指南をした。

その内に、梢が武芸に走ったのは、子供の頃から弥十郎の妻になろうと決めていた自分の気持ちをまったく解さない弥十郎の、神がかった間の悪さと不粋《ぶすい》に対する反抗であったことが知れたのである。

「まさか梢が……」

驚き慌《あわ》てて、そうとは知らず一度は嫁を取り、これを離縁している己が過去を想い、自省の念に駆られた弥十郎であったが、梢を娶《めと》ることにもちろん異議はない。晴れて二人は夫婦となった。

弥十郎はというと、それもこれも秋月栄三郎と自分の付き合いが深いゆえのことと、それほど恩義にも思っていない節があるが、梢はそのあたりがしっかりとしている。

秋月栄三郎を縁結びの恩人とも、武芸の師とも思って、いまだに栄三郎への挨拶《あいさつ》は欠かさないのである。

だが、この日の梢の様子はいつもと違って見えた。

だいたいが快活で歯切れの好い梢の話し口調がどこかぎこちない。

他の者ならばいざ知らず、人と人との絆《きずな》を繋《つな》ぐことに生き甲斐を見出《みいだ》している秋月栄三郎には、それが何かを言おうか、いつ切り出そうかと思案している者の持つ独特の間によるぎこちなさだとわかるのである。

「近頃はあれこれとお邪魔をいたしてはおりませんか……」

梢は、弥十郎がいつもの間の悪さで、手習い師匠の邪魔になっていないかと笑顔で訊ねてきたが、その日の奥には、

「うちの良人《おっと》に何か変わった様子はなかったか……」

それを聞き出したい意図が浮かんでいるように見えたのだ。

昨日の、妙に素直で考え込むような前原弥十郎の様子とあわせて考えると、梢も妻として弥十郎の異変を察して、それを気に病んでいるのかもしれなかった。

とはいえ、武家の妻がはしたなくも主人の様子を探るような真似はできない。

栄三郎ならばそのあたりの微妙な人情を汲《く》んでくれて、さりげなく弥十郎に対する私見を伝えた上で、自分が良人に対して抱えている屈託を上手に聞き出してくれるのではないか――。

それが梢の本心ではないのかと栄三郎は見たのであるが、

「いや、邪魔などとはとんでもないことですよ……」

栄三郎は自分が覚えた前原弥十郎の異変は一切《いっさい》語らずに、

「見廻りの中《ちゅう》にここへ立ち寄ってくださるのはありがたい。手習い子の親達も安堵《あんど》する上に、こっちも怪しい奴が近頃うろうろしていないかがわかりますからねえ」

通り一遍の応えを返した。

「左様《さよう》でございますか……、それならようございました……」

「まあ時折は、いつもの蘊蓄をあれこれ聞かされて、勘弁してもらいたいと思いますが……。はッ、はッ、はッ……」

愉快に笑う栄三郎を見て、梢は二の句を継《つ》げなかった。

平静を装って栄三郎の笑いに付き合うと、

「いつも下らぬ話を聞いてくださってありがとうございます……」

そう言って引き下がるしかなかった。

「達者な様子で何よりでござった。わたしへの気遣《きづか》いはどうぞ御無用に。今日は忝《かたじけの》うござった……」

栄三郎はほど好きところで武家言葉で改まって、梢の来訪に謝した。

日頃の前原弥十郎と同じく、それを機に梢は手習い道場を辞した。

「旦那、好かったんですかい。ご新造《しんぞう》さんは前原の旦那のことで何か相談してえことがあったんじゃあねえですかい」

又平は、あっさりと梢を帰してしまった栄三郎に少し拍子《ひょうし》抜けしたような様子で言った。

「おっと、又平、お前も人を見る目が鋭くなってきたじゃあねえか」

問われて栄三郎はニヤリと笑った。

「わかっちゃあいるが、手は貸さねえってとこですかい」

「そういうことだ。下手《へた》に手を貸せば面倒なことになるのは目に見えているからな。

昨日もそう言ったじゃあねえか」

「へい、そりゃあそうですが、ご新造さんが何やら気の毒で……」

梢が前原弥十郎の様子に異変を覚えているのは明らかだ。

面倒な男ではあるが、その妻の苦悩を思えば、何か手を貸してやってもよいではないかと又平は思ったのである。

「確かに又平の言う通り、梢殿に訪ねてこられると心が動く。だがよう、心配しねえでもどうせあの八丁堀の旦那のことだ。恐ろしく間の悪いことがあって、それで勝手に物思いに耽っているのに決まっているんだ。もう、うっちゃっておけばいいんだよ」

「ふッ、ふッ、そいつは旦那の仰《おつしや》る通りだが……。何だかんだと言っても、人の難儀は見過ごさず、うまく取次ぎの仕事にしてきた栄三の旦那にしては、ちょいと薄情じゃあねえですかい……」

「薄情大いに結構だ。だいたい夫婦のことは夫婦で片をつけてくれというのだ。今は仕事がなくても何とかやっていける。もう四十に近づいてきたってえのに、いつまでも下らねえことに付き合わされるのはごめんだ。おれは前原弥十郎の友達でも何でもねえんだ。梢殿が不憫《ふびん》だ……、なんて言ってお節介をやくほど甘口じゃあねえのさ……」

あくまでも前原夫婦のことに首を突っ込むつもりはないと、栄三郎は言い切ったのである。

しかし、梢もなかなかに心を悩ませていたようだ。

そして元来が活発な彼女は、このままでは済まさなかった。

数日後のことである。

秋月栄三郎は旗本三千石《ごく》・永井勘解由《かげゆ》邸の奥向きへの武芸指南に出かけた。

その屋敷は本所石原町《ほんじょいしわら》の北方にある。

剣の師・岸裏伝兵衛《きしうらでんべえ》が永井家の剣術指南を務めていた縁で、用人・深尾又五郎《ふかおまたごろう》との親交が続いていた。

そのうちに取次屋としての用をこなすようになり、当主・勘解由に気に入られ、奥向きの女中達への武芸指南を頼まれた。

断るわけにもいかず、これを引き受けて二年近くになる。

とっくに剣術の世界に背を向けている栄三郎であるが、

「町の物好きや女相手に教えるくらいがおれにはお似合いだ……」

と笑いつつ、捨て切れぬ剣への想いをここに注ぎ込んでいた。

武芸指南を引き受けるに際して奥に設けられた武芸場を栄三郎は気に入っている。

十五坪ほどの小さなものであるが、栄三郎が日頃拠《よ》る手習い道場と同じ広さで、一朝《いっちょう》ことある時は命を賭けて戦うのだという女中達の熱気が溢れるに、実に好い大きさなのだ。

栄三郎が指南役となって以来、多少の出入りはあるものの、永井家の女中達は皆一様に武芸修得には熱心で、めきめきと小太刀《こだち》の腕を上げていた。

近頃は短い竹刀《しない》を使用し、これを防具着用の上で実戦を想定して打ち合うという立合稽古を取り入れていて、栄三郎は面籠手《こて》を着けて女中達に稽古をつけている。

「あれこれ旦那のことを案ずるより、時にここで稽古をすれば好いのだ……」

栄三郎は、ふっと梢の顔を思い出した。

そういえば、前原弥十郎から梢の剣の腕前を見定めてやってくれと頼まれた時、栄三郎は深尾用人に便宜《べんぎ》をはかってもらい、梢が女ながらに剣の修行に励《はげ》んでいることを噂《うわさ》に聞いたので、一度当家奥向きの武芸場の稽古に来られぬかと誘い出したのであった。

その折は、奥向きの老女として女中達を束《たば》ねる萩江《はぎえ》が、色々と梢の本心を聞き出してくれたものだ。

そんなことを思い出したりしながら、栄三郎はその日の稽古を終えた。

防具の面をとると、地窓から吹き込む初夏の風が汗みずくとなった顔を心地《ここち》好く冷やしてくれる。

この一瞬の安堵を求めて、若き日はどれだけ辛《つら》い稽古に励んだことか――。

栄三郎がいまだに剣を捨てられぬのは、この一瞬を忘れたくないからなのかもしれない。

顔の汗を手拭《てぬぐ》いで拭うと、梢の顔も遠くへ飛んでしまっていたのだが――。

その時、稽古終わりの挨拶に老女の萩江がやって来て、栄三郎の前に畏まった。

〝老女〟といっても、もちろんそれは役目柄の呼称で、萩江は今、秋月栄三郎がこの世で一番美しいと思っている女である。

歳はもう三十を過ぎたと思われるが、萩江の容色は衰えるどころか、その瓜実顔《うりざねがお》は白く瑞々《みずみず》しく、ますます艶《あで》やかである。

稽古を終えて面をとる時の心地好さもさることながら、月に二度ばかりこの稽古場で萩江と顔を合わせ言葉を交《か》わす一時が、栄三郎の胸の内に秘めた楽しみになっている。

「それは私とて同じでござりまする……」

そして萩江の目の奥にもその言葉が内包されている。

萩江は永井家の婿《むこ》養子・房之助《ふさのすけ》の実姉であるが、浪人であった弟を世に出さんとして、自ら苦界《くがい》に身を沈めた過去があった。

その萩江を永井家の密命を受けて捜《さが》し出したのが秋月栄三郎であるのだが、偶然にも二人はかつて客と遊女として一夜を過ごし、互いに惹《ひ》かれ合いつつも別れていった仲であった。

今となっては身分も立場も違うことをわきまえた大人の男女である。

すべてを胸の内にしまいこんで、武芸指南役とその弟子としての立場を崩さずに顔を合わせてきた。

だが、秘事を共有することが、物言わずとも二人の心を近づけ、その胸をときめかせていた。

その想いはこの二年近く変わらずに続いていて、その間に色々と二人の間で嚙《か》みくだかれ消化され、落ち着いた触れ合いに昇華し始めていた。

月に二度顔を合わせ少しばかり言葉を交わすだけで、互いの今を称《たた》え励まし合えるような……。

そうして今日も萩江と顔を合わせたわけであるが、萩江の表情は何やら浮き立って見えた。

それは、平生《へいぜい》の武芸場で稽古についての教えを乞《こ》う時のものとは違って、栄三郎と共通の話題を持ち出す時のえも言われぬはしゃいだ風情《ふぜい》を醸《かも》していた。

その途端、栄三郎の脳裏《のうり》に、再び前原弥十郎の妻女・梢の顔が浮かんだ。

「秋月先生、梢殿が訪ねてくださいました……」

案に違《たが》わず、萩江は梢の名を出した。

「ほう、左様でござるか……」

栄三郎は空惚《そらとぼ》けてみせたが、梢の懸命さがひしひしと伝わってきた。

「あのお人も律儀《りちぎ》なものでございます」

萩江はつくづくとして言った。

「いかにも……」

栄三郎がこの武芸場に来れば好いのにと思いを馳《は》せるまでもなく、梢は前原弥十郎と夫婦になるきっかけを与えてくれた萩江への挨拶も欠かしていなかったのだ。

「いつ参られたのですかな……」

「昨日でございます。その二日ほど前に、先生の許《もと》へも参られたとか……」

「はい……」

にこやかに応えつつ、栄三郎は、梢が良人についての悩みを聞いてもらうために萩江の許を訪れたのだと察した。

栄三郎が弥十郎のことなど知らぬという態度をとったので、萩江に泣きついたのであろう。

そしてそこには、萩江を通せば栄三郎も断れまいという計算が含まれていたのである。

栄三郎はしてやられたような気がして、決まりが悪かった。

萩江との心の繋がりを梢に見破られているような……、そんな想いがしたからだ。

「その時、先生に打ち明けようとして話せなかったことがあったとか……」

萩江は武芸場に誰もいないのを確かめて小声で言った。

梢が話を切り出す間を与えなかった栄三郎であったが、梢は何としてでも弥十郎について聞いてもらいたいことがあるようだ。

——敵もさるものだ。だが、聞いたとしても、おれはあの前原弥十郎に関わるつもりはない。断じてないぞ。

いくら萩江が取りなしたとしても、どうせ弥十郎の異変など大したものではないのだ。適当に聞き流してやろう。そもそも夫婦のことに関わっても、最後には仲の好さを見せつけられて終わるのがおちだ。

栄三郎はそう思い定めて、

「わたしに打ち明けようとして話せなかったこと……？」

まるで気がつかなかったような顔をして、萩江に小首を傾げてみせた。

「はい……」

萩江は真っ直ぐな目を栄三郎に向ける。

どこか憂《うれ》いを含んだ萩江の目は真に美しい。

「それを萩江殿に打ち明けたのですか」

いかな萩江の取りなしとて折れるつもりはない。こうなればこちらも意地である。

「梢殿も困った人だ……。どうせ前原弥十郎殿のことでしょう。彼《か》の御仁は定町廻り同心です。それほどの人に、わたしが何をしてさし上げられるものでもありません
……」

栄三郎は突き放したような物言いをして、萩江を牽制《けんせい》した。

「先生の仰ることはごもっともでございます」

萩江は申し訳なさそうな顔をした。

「とは申しましても、私も聞いた上からは先生にお伝えせずにはいられません」

「それはそうでしょう。無論、わたしも聞く耳を持たぬわけではありませんが……」

「では、とにかくお伝えしても……」

「はい、それは萩江殿の御随意《ずいい》に……」

「ありがとうございます」

萩江はにっこりと笑った。

「はッ、はッ、大したことでもござりませぬ」

栄三郎は余裕の表情で居ずまいを正した。

前原弥十郎の話などどうでもよい。

今は萩江と話す一時を楽しもうと、栄三郎の心は弾んでいた。

「それが、梢殿は随分と悩みを抱えておいでのようで……」

萩江は決して深刻な表情を浮かべずに、彼女もまた栄三郎と話す一時を楽しむように、少し声を弾ませながら語り始めた——。

三

「ふッ、ふッ、前原の旦那のことなどうっちゃっておけばいい……。なんて言いながら、旦那も萩江様にかかるとちょろいもんですねえ……。ふッ、ふッ……」

「おきやがれ、そんなんじゃあねえや……」

又平にからかわれて、栄三郎はちょっと口を尖《とが》らせた。

秋月栄三郎が永井家への出稽古を終え、水谷町へ戻った夜のことである。

しかめっ面の中に含み笑いを浮かべた、何とも複雑な様子で戻ってきた栄三郎を見て、又平はぴんときた。

――ご新造さんが、萩江様に手を回したのに違《ちげ》えねえ……。

取次屋の番頭を務める又平、このあたりの洞察はなかなかのものである。

まず、しかめっ面の理由を訊ねずに、

「お疲れでござんしょう、まず一杯やってくだせえ」

と立ち働き、そら豆をさやごと炭火で焙《あぶ》って、焼き茄子《なす》、奴豆腐《やっこどうふ》などと共に手早く用意した。

酒が入ればちょっと照れくさいことも言いやすくなるであろう。

秋月栄三郎という男を知り尽くした、又平ならではの配慮なのである。

「おう、こいつは滅法うめえな……」

栄三郎も又平の狙《ねら》いをわかっている。

ここはひとつ、可愛い乾分の計略に乗ってやろうと、そら豆を口に放り込んで、

「萩江殿から頼まれちまったよ……」

梢が前原弥十郎のことで心を痛めている。それについて骨を折ってやってもらえないだろうか――。

そう切り出され、これを引き受けてしまったと告げたのだ。

「又平、お前はそうやって笑うがなあ、話を聞きゃあ、梢殿が気に病む気持ちもわかろうってもんだぜ」

「そうなんですかい……。あのご新造さんは、なかなか気丈なお人のように見えますが、それが気に病むってことになりますと、大変な理由があるんでしょうね」

又平は膝《ひざ》を進めた。

「そうなんだよ、大変なことなんだよ。いや、おれは驚いちまったねえ。まったく梢殿がかわいそうだ。ふッ、ふッ、ふッ……」

「旦那、笑ってるじゃあねえですか」

「梢殿には叱《しか》られるが、これがなかなか笑える話でもあるんだよ」

「もったいをつけねえで、早く聞かせておくんなさいまし」

なるほど、栄三郎が戻ってきた時の、しかめっ面に含み笑いの意味がここにあった

のだと、又平は素早く冷や酒を栄三郎の湯呑み茶碗《ちゃわん》に注《つ》いだ。

「まあそう慌てるなよ……」

栄三郎はぐっと酒を胃の腑《ふ》に流し込むと、

「何とあの前原弥十郎に隠し子がいるというんだ……」

「え……？　まさか……。へッ、へッ、あの旦那に隠し子だなんて、へッ、へッ……」

「お前だって笑ってるじゃあねえか……」

「こいつはいけませんねえ……。へッ、へッ、あんまり思いの外《ほか》のことでしたんで……」

「そうだろう。萩江殿は前原弥十郎がどんな男かよく知らねえから、この話を小せえ声で大真面目《おおまじめ》にするんだ。おれはそれがおかしくておかしくて……」

栄三郎は喋《しゃべ》るうちにさらにおかしくなったのか、萩江の前で吹き出すのを懸命に堪《こら》えたものだと腹を抱えながら話した。

「本当なんですかねえ……」

又平は信じられないようである。

「だがよくよく聞いてみると、梢殿は相手の女と子供をそっと見ているらしい……」

「へッ……。そいつはまた大したもんだ」

このところどうも弥十郎の様子がおかしい。

あれこれと多弁であったのが、何やら天と話をしているように、ぽ〜ッと空を見上げ、考え込むことが多いそうな。

「この前ここへ来た時と同じような様子ってことですね」

「まあ、男には色々あるのだろうと、さして気にも留めていなかったのだが、ある日弥十郎付きの小者が矢立《やたて》を忘れて出ていったので、追いかけたそうだ……」

武芸を修めていただけあって、活発な梢は自らが矢立を手に走った。女中などよりも自分の方が健脚である自信があったのだ。

弥十郎は茅場《かやば》町の大番屋へまず顔を出すと言っていたから道筋も知れている。

小走りにあとを追うと、やがて弥十郎の固太りの後ろ姿が目に入った。

しかし、真っ直ぐ行くところを弥十郎は供の小者を先に行かせ、自分は脇道へ入っていった。

大声を出すのも憚《はばか》られて、梢はそっとあとをつけてみた。

この時は、どこかの路地から不意に出て驚かせてやろうかという甘い気分であった。

はしたなくもあるが、何とはなしに元気のない良人を、少し守り立ててあげたいと思ったのである。

そして少女のようにはしゃいで、梢も脇道へ入って弥十郎のあとを追った。

すると弥十郎は裏通りに面した長屋の端で立ち止まった。

そこは間口が一間《けん》半ばかりの小さな焼き芋屋であった。

弥十郎の姿を見て、ほっとしたような表情となって頰笑《ほほえ》んだのは店の女主《おんなあるじ》であった。

歳の頃は二十五、六であろうか、細身でおっとりとした様子は、どことなく儚《はかな》げで男好きのする風貌《ふうぼう》であったという。

このところ心ここにあらずという弥十郎が、焼き芋屋の女に満面の笑みを向けた時、梢は思わず物陰に隠れた。

何やら見てはいけないものを見たような気がしたのだ。

すると、弥十郎の姿を認め、店の奥からよちよち歩きの子供が出てきて弥十郎に飛びついた。

男子であった。弥十郎はいかにも嬉《うれ》しそうにこの子を抱き上げ、愛《いと》しげに頰《ほお》ずりをした。

梢はこの三人の間には、何か深い因縁《いんねん》があるように見えた。それゆえに、自分がそこに出ていくことで、おかしな波風が立っては前原弥十郎の恥になると思って、その場は黙って引き上げたのである。

「そいつは考え過ぎじゃあねえですか。見廻りの中に、たまたま可愛げのある子供がいて、こいつをからかいに立ち寄っただけじゃあねえんですかねえ……」

だいたいが子供好きの前原弥十郎であるから、たまたま自分に懐《なつ》いた子供を嬉しがって可愛がっているのではないのかと又平は言った。

「いや、それがどうも親密な様子だったので、それから毎日女中に命じて、弥十郎のあとをつけさせたそうだ」

「そりゃあよほど気になったのでしょうね」

女中は実家から連れてきた多喜《たき》という。

歳は梢より少し上で、長く梢の実家である前原勇三郎《ゆうざぶろう》家で奉公していた。一旦は商家に嫁いだのだが、良人に早く死に別れ、再び梢付きの女中として弥十郎の組屋敷へ奉公に上がったのだ。勇三郎は弥十郎の叔父《おじ》であるから、多喜も前原弥十郎の家にはよく出入りしていたから連れていくにちょうどよかったのである。

それゆえに、梢とは奉公人との関わりを超えた繋がりがあり、梢の一大事となれば身を粉《こ》にして働くのだ。

弥十郎の実母・若栄《わかえ》は健在であるから、梢も良人の疑惑を探りに日々出かけることなどままならない。そこで気心の知れた多喜を、ああだこうだと理由をつけて外出させ、弥十郎の様子を探らせたのだが、

「その女中が言うには、弥十郎の野郎、三日にあげずその焼き芋屋に通っていることがわかったんだとよ」

焼き芋屋の女の名はおみち、子供は栗作《くりさく》というそうで、おみちは後家で亭主はいないというところまではわかった。

「だが、そこから先はわからねえそうだ。多喜っていう女中も、そのことにかかりきってはいられねえし、姑《しゅうとめ》の手前もあるしな」

「なるほど。だから旦那にうまく調べてもらいたかったんですね」

「そういうことだったんだな……」

栄三郎と又平は顔を見合わせて考えた。

先日、手習い道場に立ち寄った前原弥十郎は確かに様子がおかしかった。

栄三郎の生き方がどうだとか、やたら人生について語り、神妙な顔をして出ていった。

どうせ下らないことで悩んでいるに違いないと決めつけていたのだが、梢にしてみれば隠し子疑惑と重なって、いても立ってもいられなくなったのであろう。

何といっても、弥十郎に嫁いで一年が経《た》つが、いまだ梢に懐胎《かいたい》の気配がない。夫婦はそもそも他人で、子を生《な》すことで繋がるものである。となると、梢には弥十郎を繋ぎ止める武器は持ち合わせていないことになる。

男はある年齢になると、決まりきった日常から逃げ出したくなると、梢は父・勇三郎から聞いたことがあった。

定町廻り同心は奉行所における花形の役儀であるが、平和な江戸の町にそれほど同心が出張《でば》らないといけない事件が起こるわけではなく、日々町を巡廻するだけの単調な勤めであるとも言える。弥十郎は、

「八丁堀の旦那……」

と小粋《こいき》な女に慕われるもて男でもない。

たまたま何かの縁で好い仲になった女がいて、もてぬ男だけに夢中になった。しかし、武家の惣領《そうりよう》である弥十郎は、幼い時から妹のように可愛がってきた梢が自分の妻になることを望んでいると知り、そもそも一緒にはなれぬ女と別れ、梢を妻として迎えた。

ところが、その女が自分の子を密《ひそ》かに産み育てていることがわかった――。間の悪い男ではあるが、根はやさしい心を持っている弥十郎のことだ。それとなく面倒を見ているうちに今では子に情が移って、いっそ町方《まちかた》同心など捨てて女と子供と一緒に余生を気儘に過ごそう。

もしやそんな気持ちになっているのではないか。そうであれば自分はいったいどうすればよいのであろうか。

梢の想いは妄想《もうそう》と共にますます膨《ふく》らんでいるのである。

「そうでやすか……。話を聞くとご新造さんの気持ちはよくわかりますねえ……」

又平はひとしきり栄三郎から話を聞くと、梢が心配するのも無理はないと頷いた。

それに、こんなに込み入った話を打ち明けようとしたとは、梢がいかに秋月栄三郎を信頼しているかがわかって真にいじらしくなるではないか。

栄三郎も相槌を打って、

「あの前原弥十郎に隠し子がいると聞いた時は笑いそうになったが、考えてみれば、あの時おれがうまく聞き出してやっていれば、梢殿もわざわざこんな話を萩江殿にせずともよかったんだ。そんなこととは知らねえから、気の毒な目に遭《あ》わせちまったと思ってな……」

萩江から話を聞かされると、頼みを引き受けずにはいられなかったのだと栄三郎は頭を搔いた。

「よろしいじゃあありませんか。それでこそ旦那だ」

又平はにこやかに言った。

栄三郎は萩江から、入用《いりよう》にと二両を渡された。それは梢が預けていった金子《きんす》だという。

その一両を又平に渡し、

「又平、ちょいと調べてみてくんな。その、焼き芋屋の母子《おやこ》のことを……」

「承知いたしやした」

「梢殿の思い込みだろうが、いまだに子を生せずにいるのを気に病んで、あれこれ考えてしまうんだろうよ。あの前原弥十郎は、女房が何を思い悩んでいるかなんてことにはまったく気がつかねえ唐変木《とうへんぼく》だからな……」

栄三郎は溜息《ためいき》をついた。

そういう間の悪い唐変木が、妻女に気付かれているのも知らずに、三日にあげず隠し子とその母親に会いに行っているのだとすれば、真に馬鹿な話ではないか。

とはいえ、前原弥十郎はすったもんだの末に梢と夫婦になっただけに、彼の梢への想いはかなり深いものがあるはずだ。

　理由《わけ》ありの女がいて、これが自分の子を産んでいたと知り、こちらの二人にかかる不憫が深くなればなるほど、梢への後ろめたさに弥十郎も苛《さいな》まれているはずだ。

　そう思いたい。

　弥十郎は野暮で蘊蓄おやじで唐変木ではあるが、根はやさしい男であると確信できるからである。

　そして、女にもてぬから、自分に好意を持ってくれたおみちを放っておけず、間の悪いことに子まで生してしまい、さらに放っておけなくなったとしても頷ける。

　とはいえ、前原弥十郎に好意を寄せて、その子をそっと産もうなどという町の女がいるとも思えない。

　ならば先日弥十郎の見せた、何ともいえない、先行きを達観し諦めたような物の言いようはなんなのであろう。

　栄三郎はどこまでも人を苛々《いらいら》させる男だと弥十郎の存在そのものを恨《うら》みながらも、これは取次屋としての仕事なのだ、何としてでも八方丸く収めてやると心に誓うのであった。

　窓から吹き込む初夏の風はやけに冷たく、何故《なぜ》だか栄三郎の心の内を寂しくさせた。

た。

四

又平が件の焼き芋屋の母子のことを調べるのには、さほどの手間はかからなかった。

というのも、聞き出せる内容があまりにも少なかったからだ。

おみち、栗作母子が茅場町の大番屋にほど近い、裏通りの長屋に越してきたのは半年前であったという。

それ以前はと言うと、おみちは千住《せんじゅ》の宿で旅籠《はたご》の女中をしていたのだが、鎌倉《かまくら》在の石工《いしく》に見初《みそ》められ千住を出て鎌倉へ、そこから方々移り住んで良人を亡くしたあと、幼い子を連れて江戸へ出たらしい。

「方々移り住んだというのがどうもあやふやな話だなあ……」

又平から報《しら》せを受けた時、栄三郎は首を傾げたものだ。

おみち本人も、亡くした良人のことは語りたがらないし、それをわざわざ近所の住人達も訊こうとはしない。

焼き芋屋をしながら細々と幼子を育てているのであるが、裏通りとはいえ通りに面した小商人《こあきんど》が住む長屋の一軒である。裏長屋の住人のように日々寄り集まって暮らしているわけでもないから、母子を深く知る者もいない。

栗作が隠し子かどうかはわからぬが、焼き芋屋は前原弥十郎の息がかかっていると思わねばなるまい。

それゆえに、又平もおおっぴらに聞き込むわけにもいかずに、うまく人を介《かい》して訊くなど慎重にならざるをえなかった。

そして聞き込みを始めて三日目に、長屋の大家とあれこれ話す機会を風呂屋《ふろや》で摑《つか》んで訊いたところ、

「母子が長屋に入る時の請人《うけにん》は、前原の旦那だったようですぜ……」

とのことであった。

「う〜む……」

栄三郎は考え込んだ。

弥十郎は、おみちの亡夫の石工とは顔馴染《かおなじ》みで、おみちから死んだと便りを受け、不憫に思い、江戸へ出て働けるようにしてやったのだと大家に伝えたらしい。

南町奉行所同心の口利《くちき》きとなれば、あれこれ詮索する必要もないし、蔭口を利いて睨《にら》まれるのも面倒であるから、〝気の毒な母子〟として大家も近所の者達も、必要以

上に近づかず立ち入らず、愛らしい栗作を構ってやることで母子と触れ合ってきたのである。

実際おみちは一所懸命に焼き芋屋の仕事をこなして、化粧っけもなく幼児を育てているわけで、皆一様に栗作が前原弥十郎の倅《せがれ》であるとはまったく思っていないようだ。

ただ人情家で子供好きの定町廻りの同心が、何かというと栗作に構ってやっているのだというくらいにしか見ていないのである。

しかし、このところの弥十郎の異変を間近に見ている梢の目には、そのように映《うつ》りはしなかった。

梢は女が生まれつき持ち合わせている、良人に対する女の勘で、

「何かがある……」

見た途端に思ったのだが、又平の報告を聞くと、確かに何かがありそうだ。

あの前原弥十郎に隠し子なんて――。

疑心暗鬼を生じるの喩《たと》えのごとく、梢の思い込みに違いないと思っていた栄三郎であったが、どうも怪しい。

結局、おみちがいつ頃鎌倉へ行き、どこで栗作を産み、江戸へ出てきたかは謎に包

まれている。

　これでは又平も調べようがない。

　大家にしてみても、前原弥十郎に母子のことをあれこれ訊ねられなかっただろうし、もし込み入った事情があり、それを聞いていたとしても、弥十郎の手前、又平などにその真実を話すはずもなかった。

「ここは旦那、前原の旦那から直《じか》に聞き出す方が早《はえ》えんじゃあねえですかねえ……」

　又平は腕組みをしながら言った。

「おれがあいつに……？」

「へい。釣りに誘われていたじゃあありませんか」

「そりゃあそうだが、もしあの旦那が焼き芋屋の母子と深い間柄だったとして、そのことを正直におれに打ち明けるかねえ」

「栄三の旦那になら打ち明けると思いますがねえ」

　又平は迷わず応えた。

「前原の旦那は秋月栄三郎が大好きですからねえ」

「馬鹿を言うな。あんな奴に好かれて堪《たま》るかってんだ」

　栄三郎は思わず顔をしかめたが、心の奥底では、弥十郎に隠し事を白状させる自信はある。

又平はそういう栄三郎の感情を読み切っていたから、

「まあそう嫌がることもありませんぜ。八丁堀の旦那にはこの先どんな世話になるかもしれませんし、何たって直に訊くのが一番ですよ。笑い話で終わっちまうかもしれねえじゃあねえですか」

と続けた。

「又平、お前も随分と味なことを言うようになったじゃあねえか」

栄三郎はニヤリと笑って頷いた。

梢は萩江に泣きついたものの、秋月栄三郎が果してしっかりと動いてくれるかどうか不安に思っているに違いない。

ここで栄三郎が弥十郎と二人で釣りに出かけたと知れば、かなり落ち着くであろう。

「まず、又平の言う通りかもしれねえな……」

次はおれの出番だとばかりに、栄三郎は勢いよく茶碗の酒を飲み干した。

「それにあの固太り、今は何やら物思いに耽っていて、いつもの蘊蓄を並べる元気もなさそうだ。ちょいと話を聞いてやるか……」

前原弥十郎の組屋敷には、翌朝一番に又平が遣いに走った。

弥十郎はちょうど出仕しようかというところであったのだが、

「そうか……。ならば非番の日を確かめた上で遣いをやるから、よろしく伝えといてくんな……」

又平から栄三郎の文《ふみ》を受け取ると、これを一読して静かに応えたという。

「やっぱり様子がおかしいな」

又平からそれを報されて、栄三郎は唸《うな》り声をあげた。

前原弥十郎という男は、栄三郎からこのような誘いを受けようものなら、内心の喜びを抑えて、

「何だって。栄三先生が釣りに行かねえかとおれを誘っている？　おいおい、おれを何だと思ってやがるんだ。そんなものに付き合っていられるほど暇《ひま》じゃあねえんだよ……」

などと、自分が誘っておきながらもったいをつけるのが常だ。

それが、今度ばかりは実に控えめで殊勝《しゅしょう》ではないか。

しかし、弥十郎も馬鹿ではない。

そういう自分の様子を又平が訝《いぶか》しく思っているのではないかと気付いたか、

「このところはな、どのようなことにも、素直に謙虚にならねばと思い立ってな。はッ、はッ、はッ……」

と、言葉を付け足すことも忘れなかったそうではあるが――。

「ご新造さんは、わざわざ出ておいでになって、あっしに心付けを下さいやした。そりゃあ嬉しそうなご様子でしたぜ」

「そいつは何よりだったよ……」

栄三郎が動いたことで梢が大喜びする様子を又平から聞いて、栄三郎はまず安心をした。

やがて、前原弥十郎から非番の日が報されて、栄三郎は数日後に鉄砲洲《てっぽうず》の岩場に弥十郎と並んで腰を下ろし、海釣りに興じた。

先日、手習い道場を訪れた折は、

「先生、今度一緒に釣りでもどうだい！」

などと自ら誘いながら、又平を遣いにやると、さのみ嬉しそうな顔もしなかったという弥十郎であるが、釣りに来る前日まで、会う人毎《ごと》に、

「栄三さん、前原の旦那と釣りに行くんだって……？」

ちょっとからかうように言われたから、弥十郎も栄三郎が釣りに誘ってくれたことについては喜んでいるようではある。

もっとも栄三郎の行きつけの居酒屋〝そめじ〟の女将《おかみ》・お染《そめ》などには、

「何だい栄三さん、日頃は言いたいことを言っているのは、前原の旦那と仲好しだからなんだねえ……」

と大笑いされたので、いい迷惑であったのだが――。

「わざわざ手習いを休んでくれたのかい……」

晴天の下《もと》。

前原弥十郎は、菅笠《すげがさ》の陰から丸い顔を覗《のぞ》かせて、岩場に着くやそう言った。

「いや、うちの手習い所は、わたしが休むと言やあ休みなので、気にしねえでください……」

栄三郎は同じく菅笠の下から白い歯を見せると釣糸を垂《た》れた。

「先生は好いよな……。そういう気儘が利いてよう……」

弥十郎は釣針に餌《えさ》をつけるのをしくじっては、羨ましがった。

「役人はつまらねえ……。てことですかい」

栄三郎は、先日弥十郎がつくづくと言っていた言葉を投げかけた。

「そういうことだよ……。僅《わず》かながらでも禄《ろく》にありついて、何の不足があるのだと、思っているんだろうなあ」

「そりゃあもう、わたしなどに比べると結構なことだと思いますがねえ……」

「おれもずっとそう思ってきたし、今の暮らしに満足していた。だが、やはりそれはただ若かったんだろうな」

「老け込むほどの歳でもねえでしょう」

「ああ、まだまだおれは洟垂《はな》れ小僧だ。だが、役所の内ではもう古参の内に入るようだ」

「そんなもんですかねえ」

「考えてみりゃあ、見習いに出た時から思うと二十年だ。そりゃあ確かに古参の同心だあな……」

弥十郎はその間も上手に釣針に餌をつけられないでいる。

栄三郎は見かねて餌をつけてやりながら、

「古参になったってことに気がつかずにいるのは初心を忘れちゃあいねえってことですから、決して悪くはねえと思いますがねえ……」

と、宥《なだ》めるように言った。

釣りを始めるやすぐに、我が身を嘆《なげ》く弥十郎に、やはりこれはただ事ではないと栄三郎は見た。

あれこれ蘊蓄を語り、世の中の趨勢《すうせい》を嘆くことはあっても、自身を嘆くことなどなかった弥十郎であるからだ。

だがそれだけに、己が弱みをさらけ出してくる弥十郎は、やはり己が屈託を誰かに聞いてもらいたかったのであろう。

その誰かが自分であったという不幸を思い知りながら、栄三郎はもうまどろこしいのはごめんだと、

「旦那、いってえ何が気に入らねえんですよう。いつもの旦那らしくねえですよ」

単刀直入に話を進めた。

「いつものおれらしくねえ……。わかるか……」

「わかるか……、てことはねえでしょう。皆そう思ってますよう」

栄三郎はうんざりとして言った。

「梢殿もさぞかし心を痛めてるでしょうよ」

「梢が……。まさか、梢は何も言わねえぞ」

「そりゃあ主人に差し出口を利いちゃあいけねえと思って、そっと見守っていなさる

んでしょうよ」

そんなこともわかっていないのかと、栄三郎は今さらながら朴念仁《ぼくねんじん》・前原弥十郎に呆《あき》れた。そしてその想いがちょっとした怒りに変わってきて、町方同心の弥十郎に対する遠慮をなくさせた。

「いったい旦那は何を思い悩んでいるんです？」

「おれが何かに悩んでいると思ってくれていたのかい」

「わかってますよう！　だからこうやって釣りに誘ったんだ……」

「そうだよな……」

「旦那、引いてますぜ……」

弥十郎が神妙な表情を浮かべた時、弥十郎の釣り竿に獲物《えもの》がかかった。

「おう、鯖《さば》か！」

「鯵《あじ》ですよ……」

「そうだよな……」

弥十郎はふっと笑うと、

「甘井《あまい》源八郎《げんぱちろう》という男がいてな……」

そこからしみじみ語り始めた。

「そいつはおれと同じ同心の息子でな。屋敷が近く、同じ剣術道場に通っていて仲が好かった。これでもおれは若い頃、なかなか剣術の腕も好かったんだぜ。源八郎も強くて、二人でよく語り合ったもんだ。同心などにならずに、剣の腕をもって生きていこうとな……。はッ、はッ、だが、同心は一代抱えだといってもその息子もまた、見習いに出て親の跡を継ぐもんだ。おれは剣客になりてえ、誰か身内から養子を迎えて継いでくれねえかと思ったが、親父殿《おやじ》にそれを伝えることができなかった……」

「そりゃあそうでしょう。他所から養子を迎えて、そいつに継いでもらってくれなどとは言えたもんじゃあねえ……」

「口で言うほど、おれは剣客になりたくはなかったってことさ」

「源八郎ってえお人はどうしたんです？」

「それが、奴は本当にその意志を貫《つらぬ》いた」

「ほう……」

「弟に跡を継がせて九州へ武者修行に出た」

「そいつは大したもんだ」

「ああ、大したもんだ。ちょっと前に報せがきて、今度長崎で自分の稽古場を開く運びになったとよ」

「立派なお人ですねえ……。だがわたしは、長崎で稽古場を開いたのも大したものかもしれねえが、将軍様のお膝元で、町の者達から慕われながら御役を務める……。そういう旦那の方が立派だと思いますがねえ」

「慕われているかどうかは知らねえがな」

「はッ、はッ、はッ……」

「そんなことねえと言えよ」

「だから、慕われているって言ってるでしょう……」

「おれは剣客になるのを思い止まって定町廻りになったことを、何も悔やんじゃあいねえよ。定町廻りはお奉行から直に下知《げぢ》をいただく身だ」

「そうですよ。あれこれ付け届けの多い、好い御役じゃあねえですか」

「付け届けが多いってのは余計だよ」

「ヘッ、ヘッ、大事なことですよ」

「まあ、そのお蔭で今までは貧乏しなくてすんだがな……」

「今までは……」

「おれはどうやら御役替えになるようだ……」

「御役替え……?」

少し前のことである。

前原弥十郎は、南町奉行・根岸肥前守《ねぎしひぜんのかみ》へ報告すべき一件があり、奉行の役宅へと参上した。

肥前守は居間にいるとのことで、弥十郎は庭先から廻ったのであるが、仕切りの生垣《いけがき》の前まで来た時、先客がいたようで肥前守の大きな笑い声が聞こえてきた。

「はッ、はッ、そいつはおもしれえな……」

どうやら内与力の一人と何やら話しているらしい。

弥十郎は少し早過ぎたかと、生垣の前で立ち止まった。

耳を澄ますと、

「あの弥十郎が、高い荷を測っている姿を思うと笑えてくるな……」

肥前守が自分の名を口走ったではないか。

何事かと思って息を潜《ひそ》めると、

「あの男が、高い積み荷を見つけて叱りつける様子が目に浮かびまする」

笑いを含んだ内与力の声が聞こえてきた。

「このような積み荷が子供の上へでも落ちてみろ、大変なことになるぞ……」

弥十郎の口調を真似る内与力に続いて、

「よいか、子供ってものはなあ……、てところか」

再び肥前守が笑う声が聞こえてきた。

「だが、弥十郎ならば能《よ》く勤めるであろうな……」

「御殿様の仰《おお》せの通り……」

やがて談笑は済み内与力は下がったようだが、弥十郎はその場からしばらく動けなかった。

奉行と内与力は明らかに自分のことを話の種にして笑っていた。内与力は他の与力とは違い、奉行自身の家来が務めるものゆえに、肥前守も気兼ねなく話していたと思われる。

二人の会話のすぐ後に弥十郎が行けば、肥前守も決まりが悪かろうという、弥十郎なりの配慮もあったが、

「その時、おれは聞いちゃあならねえことを聞いちまったんだ」

弥十郎は自分が定町廻りから外され、高積《たかづみ》見廻りといって、町の交通の妨《さまた》げとなる荷物などを監督する役目に役替えになるのだと悟ったという。

弥十郎は高積見廻りの同心が病に臥《ふ》せ、勤めに支障が出ていると聞いていた。その同心はまだ若く、跡を継ぐ息子もおらずに奉行所としても困っていたのである。

「おれもいつかは爺《じい》さんになる。そうすりゃあ日がな一日市中を見廻って、いざともなりゃあ賊と渡り合う定町廻りがいつまでも勤まらねえとは思っていたが、三十五で外されるとは思ってもみなかったぜ」

定町廻りで鳴らした同心は、同じく奉行直属の花形である臨時廻りに移るものだ。それが積み荷を見張る交通整理に行かされるとは思いもかけなかったのである。

「まだはっきりしたことじゃあねえんでしょう」

栄三郎は思い違いではないかと問うたが、

「いや、間違いねえ。その後御奉行に会ったが、どうも決まりが悪そうな御様子だった……」

弥十郎はそう決めつけた。折しも定町、臨時、隠密《おんみつ》の三廻りの強化、梃《てこ》入れが近々あるようだと実《まこと》しやかに噂されていた。

若く優秀な同心が新たに選抜されるのではないかと、気が気でなかったのだ。

「おれは定町廻りとして、まだやり残したことはいくつもある。それが三十五にしてこの様《ざま》だ。そう思うと、長崎で稽古場を開いている甘井源八郎は立派だとつくづく思えたんだ。人生五十年というから、それを考えりゃあおれももういい歳になったんだろう。若い奴に役を譲って、おれはおれに与えられた御役を全《まっと》うする。それが宮仕えをする者の務めであり幸せなのかもしれねえ。だが、おれの一生はまだたそがれ刻《どき》じゃあねえはずだ。栄三先生、おれはお前よりもまだ若いんだぜ……。このまま終わってなるものか、いっそ禄も御役もなげうって……。いや、だが家のこと、妻のことを思うとそうもならねえ……。だが、やはりおれは……」

話すうちに興奮してしまったか、弥十郎は次の言葉が見つからずに、荒い息遣いだけを残して黙りこくった。

秋月栄三郎は共に沈黙した。あれこれ前原弥十郎に訊きたいこともあったが、今はひたすら言葉を吐き出させるに限る——。

そう判断したのだ。

なるほど、前原弥十郎の屈託はわかった。もしかするとすべてをなげうって、八丁堀から消えてしまうかもしれない深い屈託であった。

そして消えてしまった時、彼の行き先は焼き芋屋の母子の許なのであろうか。

だが、栄三郎の菅笠の下に隠れた顔には不敵な笑みが浮かんでいて、浮きを見つめる目の奥には、次の一手を見つけんとする輝きが込められていたのである。

「下らねえ話をしてしまった。だが、栄三先生、お前はおれの様子がいつもと違うと思って、何かあったんじゃあねえかと釣りに誘ってくれたようだから、その気持ちに応えて心の内をさらけ出した。ふッ、だが、思えば小役人の愚痴《ぐち》だ。この後は忘れてくんな……」

前原弥十郎は釣りを終えるとそう言って何度も頷いた。

「わたしのような極楽蜻蛉《とんぼ》が利いた風なことは言えませんから、今日は旦那と、ただ釣りをしたとだけ覚えておきますよ。だが、これでもこの秋月栄三郎も長年修行に励んだ剣客の道に背を向けた男だ。何だかやり切れねえ、その気持ちはわかりますよ……」

これに栄三郎はそう応えて、この日弥十郎とは別れた。

五

結局、焼き芋屋母子のことに言及しないままに――。

しかしこの後、栄三郎はあれこれと動き、何通かの文を旗本・永井家の用人・深尾又五郎を通じて萩江へ送った。

そうして、再び永井家奥向きへの出稽古の日が来て、栄三郎は萩江と対面し、互いにあれこれと報せ合うことになる。

いつものように、武芸場で萩江は稽古後の挨拶をしつつ、栄三郎との会話を楽しんだ。

今日はまた一段と楽しそうに、萩江は浮き立って見えた。

日頃は滅多と外出をしない単調な奥向きの暮らしのことである。

萩江は、何か人のために働くことが楽しくて仕方がないらしい。

「先生のご指示通りにしておきましたが、まったくもって梢殿の旦那様は、思い込みの激しい方でございますねえ……」

この日の稽古が始まる前——。

萩江は梢を呼び出して会っていた。

この数日間、栄三郎が動いて明らかになった事実を知らせるためであった。

すべては事前に栄三郎から文で伝えられていた。それを基に萩江は、前原弥十郎の様子がおかしいのは自分が御役替えになるのではないかと思い悩んでのことである、だがそれはただの思い込みなのだと、梢に伝えたのである。

栄三郎自身、前原弥十郎が元来思い込みの強い男であることはわかっていたが、ここまでいけば達人の域である――。

栄三郎の文には弥十郎の早合点《はやがてん》の顚末《てんまつ》が詳しく報告されていて、萩江は何度も読み返しては声をあげて笑ったものだ。

栄三郎は弥十郎と並んで釣りをしながら、根岸肥前守が内与力と話しているのを聞いてしまった、その話の内容は自分が高積見廻りに役替えとなるものであったと彼から聞かされたが、話を聞いた途端に、

――またこいつは早合点をしやがった。

すぐにそう思った。

恐らく肥前守が、高積見廻りの同心が病に臥したために支障が出ているとの報告を受け、その穴をどう埋めるか、内与力と話し合っていたのは事実であろう。

根岸肥前守といえば、世情に通じた洒脱な人柄であることが知られている。

栄三郎は以前、肥前守が所望《しょもう》する煙管《キセル》が、もう二度と煙管は作らないと誓った頑固《がんこ》者の煙管師・鉄五郎《てつごろう》作の物だとわかり、何とかして献上できないかと田辺屋宗右衛門《そうえもん》から頼まれたことがある。

手習い道場の地主である宗右衛門からの頼みとあれば断り切れぬと、栄三郎は見事に鉄五郎の心の扉をこじ開けて、肥前守所望の煙管を作らせた。

そのことがあって以来、栄三郎は肥前守に気に入られ、何度か酒席に招かれる栄誉を得た。それによって、彼の名奉行のおかしみのある人となりに触れている。きっと洒落《しゃれ》っけたっぷりに、前原弥十郎が高積見廻りを務めればさぞやおかしかろうと、内与力に冗談を言ったのであろう。

あの固太りでころころとした弥十郎が積み荷の高さを測ったり、何故《なにゆえ》これが通行の邪魔になるかを説教する様子を想像すると、真におもしろいではないか。

前原弥十郎の名があがったのも、ちょっとした用を弥十郎に頼んでいて、間もなくそこへやって来るゆえのことであったと思われる。

座興であるからこそ、弥十郎が高積見廻りをしている姿を想像して大笑いしたのだ。

本当に弥十郎を役替えにするのであれば、冗談にも笑いものにはしないはずだ。根岸肥前守は、そういう人に対する思いやりを誰よりも持ち合わせている男である。

弥十郎はその後、肥前守は自分に会うと決まりが悪そうな様子であったと言ったが、それは弥十郎の話で笑っていたら、存外に早く弥十郎が現れたので苦笑いを禁じえなかっただけに違いない。

そんな冗談を言っているところにちょうど現れ、これを真《ま》に受けて早合点に陥《おちい》り思い悩む――それが前原弥十郎ならではの間の悪さなのである。

きっとそのようなことであったに違いない――。

秋月栄三郎は己が推測を確かめるために、田辺屋宗右衛門に会って、近々根岸肥前守に会うことはないか、あれば前原弥十郎が定町廻りではなくなるとの噂が出ている、この真偽のほどを確かめてもらえないだろうかと頼んだ。

とにかく栄三郎とつるむことを日々楽しみにしている宗右衛門のことである。

二つ返事で引き受けた。

根岸家出入りの呉服店で、商人としての信頼を得ている宗右衛門は、司法、立法だけでなく、町の行政をも取り仕切る町奉行にとってのよき相談相手となっている。

あれこれ聞き出すことくらいわけもないのだ。

そして早速宗右衛門は肥前守と会ってくれた。ちょうど近頃の江戸の諸色《しょしき》についての意見を訊ねられていたところであったので、都合が好かったそうな。

「時にお奉行様、このところ前原弥十郎様のお姿をお見かけいたしませぬが、何か大変なことが出来《しゅったい》いたしましたか……」

などと折を見て問いかけたところ、

「いや、とりたててそのようなことはないと思うが……。ふッ、ふッ、あ奴は朴念仁だが働き者ゆえ、何かが気になって方々駆け回っているのやも知れぬな」

肥前守は事も無げに応えると、

「弥十郎といえば、先だって笑い話をしていたところだ。はッ、はッ」

思い出し笑いに表情を綻《ほころ》ばせた。

「笑い話と申されますと……」

「いや、下らぬ話だ。ふッ、ふッ、あ奴に高積見廻りをさせたら、さぞやおもしろいものが見られるであろうとな……」

肥前守は内与力との話を思い出して、愉快に笑い出した。

「お奉行様もお人が悪うございます。前原様は頼りになるお方でございますから、お役替えなさいますと手前共が困ってしまいます……」

宗右衛門がそう応えると、

「はッ、はッ、座興じゃよ。おれの方もあ奴に定町廻りを抜けられると便利が悪うなる。だが、あ奴が積み荷をしかつめらしゅう測っている姿を思うとおかしゅうてな

……」

肥前守はそれからしばらく腹を抱えたという。

まったく栄三郎が予想した通りであった。

「ふッ、ふッ、旦那様の屈託はただの早合点によるものだそうですよ……。そうお話しした時の梢殿のお顔と申しますと、ほんにおかしゅうございました」

萩江はこれを梢に知らせた時の、梢の何とも言えない恥ずかしそうな顔を思い出して、楽しそうに笑った。

「でも、男にとっては聞き捨てならぬことで、思い悩むのも無理はない……。梢殿はわかってくれましたかな」

栄三郎が問うた。

「はい、それはもう……」

「さらに、焼き芋屋の母子のことも……」

「はい。わたくしも旦那様に似て、早合点であったと……」

「すっきりとしていましたかな」

「はい、たちどころに元気になられました」

「それならばようござった……」

栄三郎は穏《おだ》やかな笑顔を浮かべたが、焼き芋屋の母子のことについてはいまだ調べがつかぬままに、前原弥十郎は梢が抱く疑いにはまったく当てはまらないと断言していた。

前原弥十郎は子供好きゆえに、幼くして父親のいない栗作を不憫に想い、これを可愛がり、女手ひとつで育てるおみちという栗作の母親を励ましているだけで、隠し子などでは断じてない。

弥十郎が母子をいかにして気にかけるようになったかは調べが及ばぬものの、まず弥十郎は母子の存在をとりたてて隠しているわけではなく、これも見廻りのひとつであるゆえにいちいち語らなかっただけのことである。

供の小者を連れていかなかったのは、幼い栗作が怖がってはいけないという配慮であったと思われる。

必ずそのうちに、弥十郎の口から、気の毒な焼き芋屋母子のことについては語られるはずであるゆえ心配は無用――。

栄三郎は萩江に、これはきっちりとした調べの下《もと》にわかったことだと、文に認《したた》めていたのである。

焼き芋屋母子と前原弥十郎との関わり合いについては、男女の仲の怪しさについて否《いな》めない部分もある。

それでも弥十郎の潔白を決めつけたのは、調べが面倒であるからではなく、男同士、武士の情けでごまかしてやったわけでもない。

何がさて、梢の気持ちを楽にしてやることが先決だと思ったのである。

いずれにせよ、前原弥十郎がおみちという女と逢瀬《おうせ》を重ねている様子はない。それは互いの暮らしぶりを見れば明らかなことである。

とすれば、栗作がもしも弥十郎の子であるとしても、それは過去の過《あやま》ちに他ならない。それを梢が知ったとて、何も幸せにならないではないか。

〝見ぬこと清し〟〝知らぬが仏〟という生き方もある。済んでしまったことはもう消せないのであるから梢が知るべきではないし、知らせたとて無意味ではないか。

夫婦の間には色んな葛藤《かっとう》が生じてくるであろうが、良人の屈託を想う妻の手助けはしても、男女の間のことに立ち入らぬのが栄三郎の信条であった。

梢は萩江に二両の金を預け、その金子は栄三郎の手に入った。だが、金ずくで人の恋路を探るような下衆《げす》なことは、その金を返してでもしたくはなかった。

一度は信じ合い、前原弥十郎を良人と定めた梢が、金で人を雇い、良人の素行を調べさせるなど、梢の名誉のためにもあってはいけないことなのだ。

栄三郎は、手習い道場に前原弥十郎、ついで梢が訪ねてきた時、この夫婦のことには関わらずにおくつもりであった。

それが性懲《しょうこ》りもなく取次屋として、弥十郎、梢のために動いてみようかと思ったのは、他ならぬ萩江から頼まれたからであるばかりではなかった。

何よりも、一度は剣の手ほどきをした梢が一緒になって一年にもなるのに、いまだ懐胎の兆《きざ》しがないことに思い悩んでいる節があったからである。

その悩みは、男である弥十郎が己が仕事と生き様について抱いたものに匹敵する大きなものに違いがなかった。

良人である前原弥十郎との間に子供という鎹《かすがい》を持たぬ身の不安が、梢の心に鬼を生んだのである。それをかわいそうだと思う義俠《ぎきょう》からであった。

梢とて、栄三郎が隠し子ではないと言い切ってくれることを望んでいるのではなかろうか――。

萩江は栄三郎のそのような想いを知るや知らずや、ただ梢の体内から彼女が重く抱えた屈託が消えていく様子を秋月栄三郎と共に眺め、喜びを分かち合うことを心から楽しんでいる。

武芸場の片隅で二人して、一人の幸せを守ってやるこの一時が、彼女にとっての至福であるのだ。

「前原弥十郎様には、お役替えが早合点であったことはお伝えして差し上げたのですか」

萩江は単調な暮らしの中で起こした人助けの成果に満足しつつ、栄三郎に問うた。

「いえ、まずは梢殿に報せてあげようと……」

「これからお伝えに……。では、もうひとつ大事なことをお伝えしてくださりませ……」

「もうひとつ大事なこと……」

小首を傾げる栄三郎に、

「はい、一大事です。まだ、しかとは知れませんが……」

萩江は、にっこり笑って真っ直ぐな目を向けた。

六

秋月栄三郎は永井邸を辞すや猛烈な勢いで走った。ひた走りに走り、又平を引き連れて前原弥十郎の姿を捜したのである。

何としても、弥十郎が組屋敷へ帰る前に伝えておきたいことがいくつもあった。

夕刻になり、八丁堀の北にある薬師堂《やくしどう》の前をとぼとぼと歩く弥十郎をやっとのことで見つけた。

「ああ、見つけたぞ……！」

息を切らす栄三郎を見て、

「何だい、栄三先生かい。まるで仇《かたき》を見つけたように……。いってえどうしたんだよう」

弥十郎は相変わらず傷心で元気のない日々を過ごしていたのだが、栄三郎が自分を懸命に捜してくれていたことが嬉しかったようで、その刹那《せつな》、明るい物言いになった。

「どうしたじゃあねえだろ！」

栄三郎は、思えば返す返すも人騒がせな男だと、その丸い顔を見ていると腹が立ってきて、弥十郎を境内《けいだい》の隅に連れていくと思わず喧嘩《けんか》腰《ごし》になった。

「何を怒っているんだよ」

「怒りたくもなるよ……、この早合点男が……」

「え……」

栄三郎は、根岸肥前守が田辺屋宗右衛門に語っていた話の内容をまず伝えた。

弥十郎はただぽかんとした顔をしていたが、たちまち顔をニヤニヤとさせて、

「やはりそうか。うん、まあ、そんなことだと思っていたんだよ」

と、うそぶいた。

「だが、いくら何でもそんなことを御奉行に訊ねるわけにもいかねえからな。栄三先生に言っておけば、田辺屋を通して訊いてくれるかと思っていたよ。うむ、そうかい、そいつは気を使わせちまったな……。はッ、はッ、はッ……」

弥十郎は笑うことで胸の鼓動を抑え、ほっとして腰が砕けそうになるのを堪えていた。

その様子を見ていると、よかったよかったでは済ましたくない腹立たしさがさらに湧《わ》いてきて、

「笑いごとじゃあねえよ……。旦那の様子がおかしいからって、ご新造さんが、あらぬ気を回しておいでだよ……」

栄三郎は少しばかり意地の悪い言い方をした。

「何もかも嫌になって、焼き芋屋の女に走るんじゃあねえかってね……」

「焼き芋屋の女……」

弥十郎の顔から笑みが消えた。朴念仁の弥十郎にも、ぴんとくるものがあったのであろう。

「ほら、大番屋からほど近い……」

栄三郎はからかうように続けた。

「ちょっと待て……。梢がどんな気を回しているってえんだ」

「栗作って子供は、実のところ旦那の隠し子じゃあねえかって……」

「ば、馬鹿な！」

弥十郎はしどろもどろになった。

「どうしてそんな……！」

栄三郎は梢から頼まれたとは言わずに、梢が永井家の婿養子・房之助の姉・萩江を訪ねた折に悩みを打ち明けたようだと話した。

弥十郎は慌てふためいた。

「馬鹿を言うな……。隠し子も何も、おれは隠した覚えも身にやましいことも何もない！」

御役替えが思い違いだとわかった今、彼は突如身に降りかかった新たな難題に歯噛みする想いであった。

「あの栗作の親父は安八《あんぱち》という男なんだよ。本所の建具職人で博奕《ばくち》好きでな……」

弥十郎がもつれる舌で一気に喋った話によると、半年ほど前に弥十郎は賭場《どば》を摘発した。

　そこに客としていたのが安八で、役人に踏み込まれて我を失い、制止を振り切って逃げようとした。

「大人しくしやがれ！」

　弥十郎は安八を十手《じって》で殴《なぐ》りつけその場に止《とど》め、安八は罪を問われて、江戸十里四方追放の刑を受けた。だが、後日話を聞くと、安八にはおみちという若女房とまだ幼い子がいたとのこと。

　こうなると、妙にやさしくて小心な前原弥十郎は、あの日無闇《むやみ》に殴りつけて捕らえたことを悔やんだ。まだ幼子もいることだし、こんなことではいけないと説教して帰してやればよかったのではなかったか。安八がいなくなってしまっては、この後おみち、栗作母子はどうして暮らしていけばよいのか──。

　もちろん前原弥十郎に非はないが、彼は親切にも安八の赦《ゆる》しを請願しつつ、路頭に迷う母子のために職と住を与えてやるべく奔走《ほんそう》して、安八が戻ってこられる日まで茅場町に焼き芋屋を出せるよう取り計らってやった。

　その際、博奕場の手入れが因《もと》で旦那が追放刑を受けているというのも外聞が悪かろうと、大家に相談して石工に死に別れたことにしておいたのである。

「おれはそのことを隠したわけじゃあねえんだよ。だがよう、おれは親切な男だと言わんばかりで、誰かにこんな話をするのは気が引けたんだよ。わかるだろう、栄三先生よう」

「わかる……、そいつはわかりますよ。そんなことだとは思ったが、まったく間の悪いことでしたねえ……。ヘッ、ヘッ、でも旦那、好いとこあるじゃあねえですか」

栄三郎は泣きそうになっている弥十郎を見ていると、腹立ちがおかしみに変わってきて、にこやかに言った。

「おりゃあどうすればいいと思う」

「永井様の方には、それは梢殿のまったくの思い違いだと伝えてありますから、ご新造さんへもそう伝わっているはずですよ。あとは折を見て、旦那がいかにやさしい男であるか、安八って男の話からしてあげることですねえ」

「そうか。すまねえ、恩に着るぜ……」

弥十郎はちょっと両手を合わせてみせると、薬師堂の門前に待たせていた小者を放ったらかしにして駆け出した。

「旦那！　まだ肝心《かんじん》な話がすんじゃあいませんぜ！」

まったく調子の好い奴だと苦笑いを浮かべつつ、栄三郎は境内の隅で様子を見守っていた又平を連れて小走りに弥十郎のあとを追った。

「又平、恐らく屋敷の中から奴の叫び声が聞こえてくるぜ」

「へい。そいつは見物ですねえ」

栄三郎は萩江から聞いたあることに想いを馳《は》せ、ニヤリと笑った。

「又平……」

「へい……」

「いずれにせよ、この先奴に関わるのはやめような」

「それが好いようで……」

「とどのつまりが、奴が起こす騒ぎは人の生き死にに関わるような話じゃあねえんだ」

「他愛《たわい》のねえことですねえ……」

「だが、ちょいとおれも考えさせられたよ」

「何をですかい」

「今まで生きてきた分だけ、もう生きられねえんだなあ……。死ぬまでにやらねえといけねえことはないのか……。そんなことをな……」

「あっしも、そんなことを考える時がくるんでしょうかねえ……」

「ああ、すぐにくるさ、男だからな……」

「男……だからですかい」

「そうだ。女と違って男というものは、今よりも過去とか未来のことを考えたくなるようだ。だから質《たち》が悪い……」

やがて二人は、今しも組屋敷へ戻った弥十郎から少し遅れて前原家の木戸門の前に立ち、耳を澄ました。

すると――。

「何だって！　懐妊した！　梢、よくやった！　よおし！　子供のためにもうひと踏んばりだ！」

弥十郎の涙交じりの叫び声が聞こえてきた。

そしてその雄叫《おたけ》びは、梢の怒ったような窘《たしな》める声にたちまち消沈したのである。

その刹那、栄三郎の脳裏ににこやかな萩江の容《かんばせ》が浮かんだ。しかしその表情はどこか哀調を帯びていて、栄三郎の胸の内を切なくさせるのであった。

第二話　老楽《おいらく》

一

灰色の雲が空を覆《おお》っている。

「いよいよ梅雨《つゆ》がやって来やがったか……」

すっきりと晴れる日が少なくなったと、秋月栄三郎は恨《うら》むように天を仰《あお》いで呟《つぶや》いた。

この日も八ツ時(午後二時頃)となり、手習い子達を表まで送り出してのことである。

「取次ぎのご用のあるお方は、今のうちにどうぞ……、てところですねえ」

栄三郎の傍《そば》で又平が言った。

「まったくだな……」

雨降る日も味わいがあり、決して嫌いではない栄三郎だが、それも〝手習い道場〟の内にいて外の雨音に耳を傾けるのが好いのであって、人の世話のために体を濡《ぬ》らし、泥をはね上げて動き回るのはごめんであった。

「まあ、しばらく前原弥十郎も大人しくしているだろうよ……」

こういう時に限って騒ぎを持ち込む南町の同心・前原弥十郎も、今は妻・梢の懐妊を知り、それどころではないだろうと栄三郎は笑った。

「ヘッ、ヘッ、違《ちげ》えねえや……」

又平はそれを聞いて少し尻下がりの目を糸のようにしたが、その細い目ですぐに見覚えのある男の顔を捉《とら》えた。

男は三十前の華奢《きゃしゃ》な職人風で、京橋の方へと帰っていく手習い子の一群をやり過ごしつつ、少しもじもじとしながら栄三郎と又平の方を見ている。

「旦那《だんな》、ありゃあ羅《ら》宇《う》師の……」

又平に告げられて栄三郎は、

「何だい、寄ってくれたのかい！　まあ、入っておくれな」

それへ向かって親しげに声をかけた。

「へい、相すみません……」

嬉《うれ》しそうに頭を下げた職人風の男は、羅宇師の義太郎《よしたろう》であった。

「子供達があんまり元気なんで、気圧《けお》されちまいましたよ」

「ふッ、ふッ、お前ンところの子供もじきにああなるさ」

「へい、そん時ゃあ、こちらへ通わせてやっておくんなさいまし」

「そいつは好いが、うるせえ爺《じい》さんがいるのが困りもんだなあ……」

栄三郎は爽《さわ》やかに笑ったが、義太郎は少し首を竦《すく》めて、

「そのうるせえ爺さんのことで、ちょいとお話ししてえことがございまして……」

小さな声で言った。

〝うるせえ爺さん〟とは、義太郎の女房・おしのの父親の鉄五郎のことである。

鉄五郎は腕の好い煙管《キセル》師として知られている。栄三郎とは懇意《こんい》で、頑固者《がんこもの》ゆえに滅多と拵《こしら》えない稀少な煙管を、栄三郎はただで貰《もら》い日頃愛用している。

その煙管は、金の部分が真鍮《しんちゅう》製で笹の葉が散らされ、羅宇はまだら竹というなかなかに洒落《しゃれ》た逸品《いっぴん》なのであるが、この煙管の竹管の部分である羅宇は義太郎が拵えたものなのだ。

義太郎の父・義蔵《よしぞう》もまた腕の好い羅宇師で、名人・鉄五郎は自分が拵える煙管は義蔵作の羅宇しか使わなかったものだ。

それが、無二の友でもあった義蔵の死後は、その息子である義太郎のものを使い、その義太郎は娘婿《むすめむこ》となったわけであるから、傍目《はため》には真《まこと》に頬笑《ほほえ》ましい間柄なのだが、そんな仲を築くまでには鉄五郎の頑固が災いして紆《う》余曲折《よきょくせつ》を経た。

「鉄五郎の父《と》っつぁん、また何か気に入らねえことでもあるのかい」

栄三郎は、義太郎を手習い道場内の自室へと招きながらニヤリと笑った。

一時は、ちょっとした気持ちの行き違いから、娘のおしのと一緒になりたいという義太郎に腹を立て、おしのと共に断絶し、自分は煙管師でいることをも止《や》めてしまった鉄五郎であったからだ。

そのために、天下の江戸町奉行・根岸肥前守でさえ鉄五郎に煙管を作ってもらえずに、何とか鉄五郎に再び煙管作りを再開させるよう、根岸家御用達の呉服商・田辺屋宗右衛門に頼まれて動いたのが〝取次屋〟秋月栄三郎であった。

栄三郎は見事に義太郎、おしの夫婦と鉄五郎との仲立ちをして、根岸肥前守所望《しょもう》の煙管をこの頑固者に拵えさせることに成功した。

それゆえに、誰よりも鉄五郎の頑固ぶりを知っていたから、また何か下らぬことでつむじを曲げたのかと思ったのだが、

「いえ、どちらかというと、そのあべこべでございまして……」

義太郎はというと、これにはにかんで応《こた》えた。

「あべこべというと……」

「機嫌が好すぎるんでございますよ」

「機嫌が好すぎる……。そうかい、孫が可愛《かわい》くて何かってえと構いたがるんで、かみ

さんがいい加減にしてくれ……。なんて言い出したかい」

義太郎、おしの夫婦は、鉄五郎と和解後は、京橋鈴木《すずき》町で再び煙管師としての暮らしを再開した鉄五郎の傍近くに住まいを移し、一男を儲《もう》けた。

鉄五郎はこの孫を大いに可愛がり、かつてのどうしようもない頑固おやじから、好々爺《こうこうや》に変わりつつあった。

そんな鉄五郎に目を細めつつ、やはり煙管師の鉄五郎は頑固者であってもらいたいと、栄三郎はよく外出のついでに鉄五郎の家へ立ち寄り、

「おう、頑固おやじ、まだくたばっちゃあいねえようだな……」

などとわざと声をかけ挑発していたのだが、そういえばこのところは、忙しさにかまけて無沙汰《ぶさた》続きで鉄五郎の今を知らなかったのである。

「いえ、うちの倅《せがれ》を可愛がるのは相変わらずでございますが、近頃はそれも落ち着いておりやす」

義太郎は相変わらず小さな声で応える。

「そうかい、そいつは心配だなあ……」

栄三郎は、小首を傾《かし》げながらふっと笑ってしまった。

娘婿が、義父の機嫌が好いのが心配だと、わざわざ訪ねてきて神妙な顔をしている

のが何ともおかしかったのである。

それほど鉄五郎には上機嫌という言葉が似合わない。

「父っつぁん、まさか好い女《いいの》でもできたかい。はッ、はッ、はッ……」

「旦那、おからかいになっちゃあ叱《しか》られますぜ……」

又平も笑って窘《たしな》めたが、

「その、まさかなんでございます……」

「え……？」

義太郎の一言に、栄三郎も又平も驚いて顔を見合わせた。

「おいおい、おれ達の馬鹿話に合わせてくれなくったって好いよう」

栄三郎は、それをすぐに義太郎の冗談だと受け取って笑いとばそうとしたが、

「何やら解せないのでございます……」

義太郎はくすりともしない。

「本当なのかい……」

栄三郎も真顔になった。

「まず初めは、都筑《つづき》様のご隠居が気になることを仰《おつしや》いまして……」

都筑様のご隠居というのは、元八丁堀同心・都筑助左衛門《すけざえもん》のことである。

定町廻《じょうまちまわ》り同心を引退して隠居をしてから、助左衛門は毎日のように鉄五郎の住まい兼仕事場になっている長屋の一軒を訪ねてきては、表に向かって置いてある床几《しょうぎ》に腰をかけ、一服つけるのを楽しみにしていた。

別段何を話すわけではないが、同じ六十絡《がら》みで、鉄五郎がちょっとばかり町で暴れていた頃をよく知る助左衛門は、少しの間時を共にするだけで何やら気が晴れるそうな。

その縁で、栄三郎ともすっかり顔馴染《かおなじ》みになったのだが、その助左衛門が半月ほど前に義太郎を捉まえて、

「鉄五郎の奴、近頃よほど好いことがあったような……」

と意味ありげに言った。

その意を問うと、

「ふッ、ふッ、あの頑固おやじめ、後添えでももらおうなどと企《たくら》んでいるのかもしれねえぞ」

助左衛門は冗談交じりに応えたという。

若い頃はいなせな同心で、随分《ずいぶん》と浮名《うきな》を流したという助左衛門のことであるから、ただからかっただけかと思ったのだが、

「どうも近頃、お父っつぁんの様子がおかしいんだよ……」

今度はおしのがそんなことを言い出した。

あの気難しい男が、何やら鼻歌を歌ってみたり、

「あほやなあ……」

などと、おかしな上方訛《かみがたなまり》で剽《ひょう》げてみせたりするというのだ。

義太郎は鉄五郎の仕事場に日頃出入りはしているものの、それは煙管師と羅宇師の立場で顔を合わせているわけだし、羅宇作りに精を出していると、それほど鉄五郎と打ちとけた話が出来るわけではない。

それゆえに、そういう鉄五郎のいささか不気味ともいえる上機嫌に触れたことがないのであるが、

「親父《おやじ》さんの機嫌が好いのは何よりのことじゃあねえか。それをおかしいなんて言うもんじゃねえよ」

と、その場はおしのを窘めた。

「そうは言うけど、孫に子守唄のひとつ歌えなかったような人が鼻歌なんておかしいじゃないか……」

しかし、おしのの不安は収まらない。それに、このところ鉄五郎は、何かというと

煙草屋《たばこ》の隠居仲間が開いている将棋の会に出かけるようになった。

一時、鉄五郎は煙管師を休業して煙草屋を開いていたので誘われるようになったのだが、以前は自分が年寄なのを棚《たな》に上げて、

「年寄の集まりなんてところへは、辛気《しんき》くさくて行けるものかい」

などと言っていたのに、

「煙草屋の隠居達と将棋を指していると、人は鏡だなあ。あんな風に老け込んじゃあいけねえ……、そんな気持ちにさせられるぜ……。だからたまには年寄とも付き合わねえといけねえってことだ」

俄《にわか》にそんなことを言うようになったのである。

会は決まって深川堀川《ふかがわほりかわ》町の煙草屋で開かれる。

年々気まぐれにしか煙管を作らなくなった鉄五郎である。娘のおしのは、自分が子を産み、初孫を可愛がるうちに随分と人間も丸くなった父親が、隠居達に交わり将棋を楽しんでいるのは何がさて好いことだと思った。

深川あたりへ出かけるのも足腰を鍛《きた》えるにはちょうど好いし、繁華な処《ところ》を歩いて人と交われば気分も変わるであろう。

初めの内は鉄五郎の変化を喜んでいた。

まだ十歳の時に母親を亡くしたおしのは、それからは鉄五郎の身の回りのことをこなしてきた。

それゆえ、すぐ近くに住んでいるとはいえ、自分が義太郎と所帯を持って以来独《ひと》り身となった鉄五郎のことが気にかかっていたから、将棋の会にでも出かけて楽しんでくれていると安心であった。

鉄五郎に食事を届けてあげた時、上がり框《かまち》で蹴躓《けつまず》いたおしのを見て、

「あほやなあ……」

と鉄五郎は妙な上方訛の言葉で笑った。

「何だいそれは……」

聞き慣れぬ言葉におしのが目を丸くすると、

「ああ、いや、将棋の会に上方出の人がいてよう。皆でこの人の口真似《くちまね》をするのが流行《はや》っているのさ……」

鉄五郎はちょっと恥ずかしそうに応えた。話を聞くに、隠居の集まりとはいえ、なかなか楽しそうではないか。

鉄五郎が足繁く通う気持ちがわかる想いがして、おしのはますます安心したのである。

ところが——。

それから少しして、おしのは義太郎に頼まれて、深川仙台堀《せんだいぼり》に住む煙管師の許《もと》へ羅宇を届けに出た。このところは義太郎の羅宇も評判を呼び、方々から注文を受けるようになっていた。

「おれももう歳《とし》だ。鉄五郎も、年々寡作《かさく》になってきたので、そうすりゃあ、おれの腕がどれだけ好いか、ますますわかるってもんだ」

と、この頑固者らしい言い回しでそれを後押ししてくれていた。

ちょうどその日は仕上げねばならない仕事があれこれ残っていて、止むなく倅の義《よし》松《まつ》を傍で遊ばせつつ、おしのに遣《つか》いを頼んだのだ。

無事に羅宇も届けた帰り道。

そういえば、仙台堀からはいつも隠居達が将棋会を開く煙草屋がほど近いことに、おしのは思い当たった。

——何かお届け物をしておこう。

日頃は鉄五郎が世話になっているのであるから、娘としては放っておけなかった。

菓子などを手土産《てみやげ》にその煙草屋を訪ねてみると、間口二間《けん》半ばかりの店の奥が広間になっていて、老人達が数人集まって将棋を指しているのが店先から窺《うかが》われた。

老人達は皆、好々爺然としていて、あの頑固で人交わりの苦手な父がここに通っているのかと思うと心が洗われた。

それでおしのは、

「いつもお父っつぁんがお世話になっております……」

と、菓子折を差し出し挨拶《あいさつ》をしたのだが、老人達は皆一様にきょとんとして、

「いや、お世話だなどとはとんでもない……」

と恐縮した。

何やら様子がおかしいと思いながらも、元来陽気なおしのは、その場を盛り上げようとして、

「いつも楽しそうなので喜んでいるのでございますよ。あほやなあ……。なんて……」

と言ってみたのだが、これがまったくうけない。

隠居達は、おしのが発する上方言葉に、ちょっと引きつったような笑顔を浮かべるばかりであったのだ。

「それで、おしのがご隠居達から聞いたところでは、鉄五郎のおやじさんは確かに将

棋を指しに来たことはあったらしいんですが、それも二度ばかりのことで、このところはとんと姿を見せてはいねえと……」

義太郎はひとしきり話すと暗い顔で俯《うつむ》いた。

栄三郎はなるほどと頷《うなず》いて、

「〝あほやなあ〟というのも流行ってなかったわけだな」

「へい。まったくもって……」

「かみさんは、随分と恥ずかしかっただろうな……」

「そりゃあもう、帰ってくるなり怒っておりやした」

「そいつは父っつぁん、ますます怪しいなあ」

「それですぐに都筑様に、何か親父さんのことをご存じなのではと、そっとお伺《うかが》いしたところ……」

助左衛門は余計なことは言わずにおこうと初めは言葉を濁したのだが、義太郎の真剣な表情に負けて、

「いや、それがな。鉄五郎が女と楽しそうに喋《しゃべ》っているところを、二度ばかり見かけたんだ……」

と、応えたという。

「それは同じ相手かい」

栄三郎が訊《たず》ねた。

「そのようで……」

歳の頃は三十くらい。さっぱりとして明るい女で、鉄五郎と大原稲荷《おおはらいなり》の掛茶屋の床几に並んで腰をかけ、楽しそうに喋っていたという。

何やら親密な様子に見えたので、声をかけるのがためらわれ、そのまま通り過ぎた。それゆえ二人がどんな話をしていたのかまではわからなかったというが、元は八丁堀同心の都筑助左衛門が親密に見えたというのであるから、そうなのであろう。

「まあ、悪いことをしているわけじゃあねえんだ。そっとしておいてやろうじゃあねえか……」

助左衛門は余計なことを口走ったと頭を掻《か》きつつ、義太郎にそう言った。

「だが、娘夫婦としちゃあ、気になるところだなあ」

栄三郎は、あの頑固一徹な鉄五郎が、煙草屋の隠居達と将棋を指してくるなどと言いながら、密《ひそ》かに女と会っていたのかもしれぬと思うと、何やら楽しくなって声を弾《はず》ませた。

「へい。随分と気になります」

義太郎は真顔で頷いた。

「だからといって、都筑の隠居が言ったように、悪いことじゃあねえ」

「それも仰る通りで、親父さんは、いい歳をして女が出来たなんて、知られたくねえのかもしれねえが、あっしもおしのも、親父さんにそんな人がいるのは好いことだと思っております」

「そんならこそそと噂《うわさ》をしてねえで、祝ってやれば好いではないか」

「へい、そりゃあもう……、確かなことなら……」

「なるほどな。今はまだ、どれだけの付き合いかはわからねえから、下手《へた》なことは言えねえな……」

栄三郎は相槌《あいづち》を打った。鉄五郎の幸せを想い、祝福しようとしたのはいいが、まかり間違えば、頑固おやじは、

「馬鹿野郎！　そんなんじゃあねえや。下衆《げす》の勘ぐりをしやあがって！」

などと怒り出すかもしれない。

「親父さんは、長い間独り身を通して、一人娘を立派に育てて嫁にやったんだ。この先もっともっと幸せになってもらいてえ。あっしもおしのも、親父さんがそのお人を後添えにしてえと言うなら何の文句もありません。どうか先生、親父さんの様子を見

てやってくださいまし。娘夫婦がこういう気持ちなんだから、何も将棋を指しに行くとか言って、こそこそと出かけることもねえんですから……」

義太郎は切々と鉄五郎への想いを栄三郎に伝えた。

栄三郎は蒸《む》し暑い日々に、心の内を涼やかにしてくれる話に出合ったとばかり、満面に笑みを浮かべた。

かつてあの頑固おやじに煙管を拵えさせた時の大変さを想えば、こんな浮いた話をするのはわけもない。

「お前の話はようくわかった。きっと鉄五郎のおやじの心を開かせて、気になるその女とはどんな付き合いで、どう想っているのか白状させてやるよ。まず任せておくれな」

そして栄三郎は胸を叩《たた》いたのである。

「ありがとうございます！　おしのも喜びます」

義太郎は大喜びで、

「先生、こいつはほんの些少《さしょう》ではございますが……」

と、懐《ふところ》から懐紙に包んだ金を取り出した。

「そんなものはいいよう。父っつぁんには、いつかこいつのお返しをしようと思っていたんだ……」

栄三郎はかつて鉄五郎から贈られた自慢の煙管をかざして見せて、その火皿にゆっくりと煙草を詰めた。

二

「はッ、はッ、又平、見ろい、あの頑固おやじめ、随分と足取りが軽いじゃあねえか……」

「ヘッ、ヘッ、まったくで……」

秋月栄三郎と又平は、二町《ちょう》ほど前を行く鉄五郎の後ろ姿をそっと窺いながら、互いにニヤリと笑った。

鉄五郎は軽快な足取りでほどなく永代《えいたい》橋を渡ろうとしている。

「あの様子を見ると、やはり女に会いに向かっているんだろうよ」

「おやじさんもやりますねえ。もう六十になろうてえのに」

「色恋に歳はねえんだよ」

「そんなもんですかい」

「といっても、まだおれにもわからねえが、これが最後だと思うと、気持ちが昂《たかぶ》るらしいぜ……」

「なるほど、わかるような気がしやすよ。だが、都筑のご隠居が見たっていう女がそうなら、随分と歳が離れておりやすが、いってえどんな風に言葉のやり取りをしているんでしょうねえ」

「おれもそれが気になっているんだ。何たってあの頑固で口うるせえおやじがのぼせるんだ。余計なことは喋らねえ、慎《つつし》み深い女なんだろうな」

「そんな好い女が、六十の爺《じじ》ィに……。ちょいと妬《や》けますねえ」

「ふッ、ふッ、そいつはおれも同じ想いよ……」

義太郎が栄三郎を訪ねた三日後。

栄三郎は又平を伴《ともな》い、自らが鉄五郎のあとをつけて、彼がどこへ向かうのかを見極《みきわ》めていた。

鉄五郎がいつ出かけるかを確かめるのはたやすかった。

義太郎、おしの夫婦が、倅の義松と遊んでやってくれと頼むことで、

「すまねえが、その日は将棋の集まりに行かねえといけねえんだ……」

という鉄五郎の予定をうまく聞き出せた。

それがちょうどこの日で、栄三郎は今日の手習いを都筑助左衛門に託し、朝から鉄五郎の家の裏手にあたる、義太郎、おしのの家に入って様子を窺ったのである。

そうとも知らぬ鉄五郎は、なかなかに上機嫌で家を出たが、それだけに無防備であった。自分のような爺ィの行く先を知りたがっている者などがいるとは、夢にも思わなかったのであろう。まったく周囲を気にせず真《ま》っ直《す》ぐに歩いた。

そんな六十男を、取次屋の栄三郎、又平がつけて行くのはわけもなかった。栄三郎は白い帷子《かたびら》を着流し、塗笠《ぬりがさ》を被《かぶ》った出立《いでた》ち。又平は微行《びこう》の侍に付き従う小者の風体《ふうてい》で供をする。

やがて鉄五郎は永代橋を渡り終えた。そこからは深川である。左へ折れ下《しも》の橋を渡り、すぐに右へ行くと、佐賀《さが》町から将棋会が行われている堀川町へと出るはずである。

しかし、鉄五郎はというと、堀川町へ立ち寄る気配がまったく見られず、堀川町を過ぎ材木《ざいもく》町でやっと足を止めた。

そこは細い路地を入ったところで、柴垣で囲まれた趣《おもむき》のある料理屋が二軒、左右に建っていた。

その向こうに小さな仕舞屋《しもたや》が数軒見られ、その内の一軒の前に女が一人立っていた。

曲がり角の陰に隠れて見守る栄三郎と又平の目に、鉄五郎の背中は喜びに躍《おど》っているように見えた。

「あれだな……。慎み深い好い女は……」

栄三郎は又平に囁《ささや》いた。

「そのようで……」

又平は低い声で応えた。

遠目に見ても、女の風情《ふぜい》は快活そうで嫌みがなく、笑顔が愛らしいなかなかの器量好しであった。

「父っつぁん、何が将棋を指してくるだよ……」

栄三郎と又平は冷やかすように笑みを浮かべ、六十になろうという鉄五郎の快挙を共に称《たた》えた。

鉄五郎は足早に女の方へと歩みを進めた。

「父っつぁん、女の前でも気難しい顔をしているのかねえ」

「そりゃあ、誰にだって弱みを見せるのが嫌いな人ですから」

栄三郎と又平が囁き合った時、

「あほやなあ……」

いきなり女が上方訛で甘えたように言った。

——隠居達の間で流行っているとはよく言ったもんだ。

やはり女の口癖なのだと、栄三郎と又平は顔を見合わせて笑いを堪《こら》えたが、次の瞬間女は、

「遅いやないか！　鉄！」

と、一変して強い口調で鉄五郎を詰《なじ》り、これに対してあの頑固おやじの鉄五郎が、

「これお玉《たま》、そんなに怒らないでおくれよ……」

何ともおっとりと言葉を返したではないか。

栄三郎と又平、今度は目を丸くして言葉を失った。

「もう、待ちくたびれたがな。早《はよ》うおいで……」

お玉という女は、なおも遠慮のない言葉を鉄五郎に投げかけた。

「わかったよ、わかったよ……」

鉄五郎は叱られるのを楽しむかのようにお玉の傍へ寄ると、

「さて、何を手伝えばいいんだい……」

相変わらず穏《おだ》やかな口調で応え、やがてお玉に手を引かれて仕舞屋の内へと消え

た。

「又平……」

「へい……」

「どうなってるんだ……」

「思った女とは大違いですねえ」

「まったくだ。でも、父っつぁん、楽しそうだな……」

「あのおやじさんの、あんな声を聞いたのは初めてですよ」

栄三郎と又平は、ただただ呆気《あっけ》にとられてお玉の住処《すみか》へと歩み寄ると、中の様子に耳を澄ました。

「いいよ、酒の支度《したく》はおれがするからよう」

「おれがすると邪魔になるのや」

「そんなこと言うなよ……」

「ほら、こぼれたやないかいな。あほやなあ」

「すまねえ。おれは、あほやなあ……」

「ほんまにあほやなあ……。ふッ、ふッ、ふッ、もう鉄はそこに座っとき！」

「わかったよう。鉄はそこに座っておくよう」

筋金入りの頑固者――煙管を拵えてもらいたいという南町奉行・根岸肥前守からの遣いの士を追い返したほどの男が形《かた》無しである。六十になろうという気難しい煙管師の名人が、口の悪い上方女の前ではまるで子供のようだ。

「ひとまず引き上げるとするか……」

家の中から鉄五郎とお玉の弾《はじ》けるような笑い声が聞こえてきたのを機に、栄三郎は又平を連れてその場は引き上げた。

女の家もわかった。名も知れた。この上は野暮というものだ。

栄三郎と又平はしばし無言で歩いたが、永代橋の上に差しかかったくらいで不意に笑いが込み上げてきて、思わず二人は橋の欄干《らんかん》に手をついて、大川《おお》の川面《かわも》へとそれを吐き出したのである。

すぐにお玉という女のことは調べがついた。

お玉はつい先頃、あの深川材木町の仕舞屋に越してきたという。

上方の出で、江戸へ下って五年。上方訛ではあるが、日頃は江戸の言葉も使っているという。

「そのあたりはおれと同じか……」

栄三郎は少し親しみを覚えた。

大坂住吉《おおざかすみよし》大社鳥居前の野鍛治《のかじ》の倅であった栄三郎は、もうすっかり江戸で暮らす日々の方が長くなっているのだが、いまだに時として上方訛が出る。

それが取次屋としての武器になることもあるので、忘れぬようにもしている。

どうやらお玉は、女の姿をさらけ出す時は上方訛に戻るらしい。

彼女の過去についてはよくわからないが、とにかく今は独り身で、〝すあい〟を生業《なりわい》としている。

〝すあい〟とは、〝牙婆《がば》〟とも言う。物の売り買いの間に立って口銭をとる者のことで、主に衣服を扱う女が多かった。

中には売色をする女もいるので、鉄五郎がその客の一人なのではないかと栄三郎は気になった。

しかし、件《くだん》の仕舞屋に頻繁《ひんぱん》に男出入りがあるかというと皆無で、時折訪れる鉄五郎のことを、近辺の人はお玉の父親代わりの伯父《おじ》であると思っているようだ。

もっとも、二人が話す様子を見聞きすれば、鉄五郎が父親代わりの伯父だなどとは誰も思わないであろうが、六十絡みの男が訪ねてくるのを怪しんで聞き耳を立てる者もいない。

　お玉の住まいの周りは閑静な料理茶屋が建ち並んでいて、前の路地を行き来する人も少ないので、密接な近所付き合いがないようだ。

それゆえに鉄五郎はお玉との逢瀬《おうせ》を、人目につかず重ねることができているのであろう。

とにかく、煙管師・鉄五郎が娘ほどの歳の女と恋に陥《おちい》っているのがわかった。

鉄五郎との友情を思えば、この先あれこれとお玉の品定めをするのも不粋《ぶすい》であろう。

鉄五郎はお玉との逢瀬を心底楽しんでいるように見受けられる。

「だが、お玉との恋が一時の気紛《きまぐ》れなのか、遊びなのか……。それともこの女を終《つい》の頼みどころと定めて添い遂《と》げるつもりなのか……。肝心《かんじん》なのはそのことだ」

栄三郎はその想いを聞き出すべく、

「さて、いよいよおれの出番だな……」

鉄五郎に相見《まみ》えんと、単身彼が住む京橋鈴木町へと向かったのである。

三

鉄五郎は栄三郎の訪《おとな》いを随分と喜んだ。

今、彼はじっくりと小ぶりの煙管を拵えている。

鉄五郎作の煙管は、火皿、雁首《がんくび》、羅宇、吸口《すいくち》からなる〝羅宇煙管〟である。

これは、総身が金属で出来ている〝延べ煙管〟と違って、それぞれの部品は分業で作られる。

しかし、頑固で喧嘩《けんか》っ早い鉄五郎は、無二の友であった羅宇師の義蔵とだけ仕事をしたくて努力を重ね、羅宇だけを分業に頼る煙管師となった。

そして今は、義蔵の息子・義太郎が亡父に劣らぬ羅宇を作るようになったから、心おきなくじっくりと仕事が出来るのだ。

鉄五郎作の煙管は一本十両――。

もっと出しても惜しくないという客は何人もいるのだが、

「たかが煙管に十両より金を使う馬鹿はねえ」

というのが鉄五郎のこだわりで、それならば十両で売ってくれと、いつしかこの値が定着したのである。

頑固の虫は昔より大人しくなったものの、気に入らぬ仕事はしないという信念は健在で、年に五本と拵えぬから、順番を待つ客で五年先まで埋まっているのが現状だ。

「そんなものお前、十本拵えりゃあそれだけで世間の奴らは、鉄五郎の奴め百両稼《かせ》ぎやがったと思うじゃあねえか。人から金持ちだと見られるのはかたはら痛《いて》えや……」

鉄五郎は寡作の理由をこんな風に言い訳しているのだが、待っている客の順番をとばして、平気で気に入った者への煙管を作り、これをただでくれてやることもしばしばなのである。

栄三郎は、鉄五郎が今手がけている小ぶりの煙管はお玉にあげるものではないかと見たが、そんなことには一切《いっさい》触れずに、

「おうおう名人！　煙管を拵えているのかい。こいつはどういう風の吹き回しだい」

仕事場の前まで来ると、開け放たれた障子戸《しょうじど》から遠慮なく中へと入って、からかうように言ったものだ。

相変わらずの曇《くも》り空だが、この日は幾分《いくぶん》暑さが和《やわ》らぎ、表から入る涼風が鉄五郎の額《ひたい》にひっきりなしに浮かぶ汗の粒を好い具合に乾かしていた。

それが鉄五郎の機嫌を柔らかなものにしていたのか、お玉のことを思い出していた

のか、

「何だい、栄三の旦那かい。こちとら煙管を拵えるのが本分だ。妙なことを言いなさんなよう」

彼は実ににこやかに応えて栄三郎を見た。

「はッ、はッ、父っつぁんが煙管を拵えているところを見るのは久しぶりだったからな」

「そうだったかねえ……」

「そうだよ。もう今日はそのくれえでおしめえにしときなよ」

「何でえ、旦那は邪魔をしに来たのかい」

「そういうことだ。まだ日は高《たけ》えが、一杯やりに行こうじゃあねえか」

「旦那こそ、どういう風の吹き回しなんですかい」

「こいつを随分と人に羨《うらや》ましがられたんだよ」

栄三郎は、煙草入れの煙管筒から真鍮に笹の葉が散らされた件の一本を取り出して、掲げてみせた。

「何でえ、まだ持ってやがったか……」

鉄五郎は自作の煙管を見せられてちょっとはにかんだ。

「当たり前だよ。この煙管のお蔭でちょいともてちまってよう。そういえば頑固おやじは達者にしているかと思って来たってわけさ」

「ふッ、ふッ、それで飲ませてやろうと思ってくれたわけで」

「まあな。一本十両の煙管をもらったんだ、たまに誘わねえと後生《ごしょう》が悪いや……」

鉄五郎は栄三郎との会話を心地《ここち》好さそうに楽しむと、仕事を止めて栄三郎と飲みに出かけた。

向かった先は、出世《しゅっせ》稲荷脇のそば屋〝水月庵《すいげつあん》〟であった。

ここは八丁堀の隠居・都筑助左衛門の行きつけで、かつて定町廻り同心の頃はよく密談をするのに使っていた。

どんな店でも一度連れてきてもらうと常連になってしまう栄三郎のことである。

鉄五郎との〝密談〟に相応《ふさわ》しい、二階の小座敷を空けてくれた。

「父っつぁんと久しぶりに飲むんだ。下らねえ野郎が寄ってこねえところが好いと思ってなあ」

栄三郎にそう言われると、鉄五郎もまさか込みいった話をしにここへ連れてこられたとは思わない。

「栄三の旦那はこのあたりじゃあ顔が売れているからねえ」

「そうじゃあねえよ。鉄五郎を酔わせて煙管を拵えてもらおうなんて馬鹿が寄ってこねえとも限らねえからな」

栄三郎にますます乗せられる鉄五郎であった。

「おれが拵えた煙管でもてちまったと言っていたが、どういうことだい」

このところは色気のある暮らしを送っているだけあって、鉄五郎はそっちの話が気になるようである。

「ヘッ、ヘッ、それが先だって深川へ繰《く》り出すことがあってな。こいつで一服つけていたら、芸者衆に煙管が好いと誉《ほ》められてよう」

栄三郎も心得たもので、柔らかい話をして鉄五郎の気持ちをほぐす魂胆――。

「煙管に気を使うというのは粋《いき》だ。身は飾らずともこういう好いものにさりげなくお金をかける男を見るとほっとする……。ふッ、ふッ、まあそんなことを言われて、もらったとは言えなくなっちまってよう。はッ、はッ、はッ……」

たまには煙管の作者を飲ませておかないと罰が当たると思ったのだと愉快に笑い、

「それによう、父っつぁんと話していると、大坂で野鍛冶をしている親父は今どんなことを思って暮らしているのか……。それが何となくわかって、文《ふみ》を書くのに好い文句が浮かんでくるのさ……」

父親の話をして、ほんの少ししんみりとしてみせる。

頑固者とはいえ、気に入った者にはどこまでも贔屓《ひいき》をするのが鉄五郎である。

相手が栄三郎となればたちまち心もほぐれ、この人たらしの話術にはまっていく。

「この前、文で大坂の親父を叱ってやったよ」

「親父さんを叱ってやるなよ」

「滅多と叱ることはねえが、情けねえことを書いて寄越しやがったからさ」

「情けねえこと？」

「まあ、親父としちゃあ文でおれを笑わしてやろうと思ったんだろうが……。わしのへその下にぶら下がっているもんは、もう小便するだけのもんになってしまいよった。いよいよわしも雄《おん》でのうなった……。なんてよう」

「ほう……」

鉄五郎は何と応えるべきか言葉を探しつつ顎《あご》を撫《な》でた。

「それでおれは、情けねえことを言うんじゃあねえ。ぶら下がっているものがどうなろうが雄は雄だ。お袋には申し訳ねえが、六十を過ぎたからって老け込むんじゃあねえ。新町《しんまち》あたりで一華咲かすくれえのつもりでいねえでどうするんだ……。ヘッ、ヘッ、そう返事を書いて送ってやったのさ」

「なるほど、それで親父さんは何と返してきなすった」

鉄五郎はふくみ笑いで問うた。

「栄三郎、お前の言う通りや。わしもまだまだこれからや。気張るよってにな……。

そう返ってきたよ。ふッ、ふッ、父っつぁんもそう思うだろ」

同意を求める栄三郎に、根が正直な鉄五郎は頑固おやじの気難しさでごまかすこと
もできずに、

「まあ、そりゃあ、小便するだけのものになったって、女に惚《ほ》れることはできるから
なあ……」

小さく笑って真面目《まじめ》に応えた。

――父っつぁんも色々苦労があるようだ。

栄三郎は内心ニヤリと笑って、

「そうだよ、父っつぁんの言う通りだよ。いやあよかった」

「何がよかったんだい」

「父っつぁんが、年寄は年寄らしくしていりゃあいいんだ……、なんて爺《じじ》むせえこと
を言ったらどうしようかと思っていたのさ」

「おらぁそんなことは言わねえよ」

「それでこそ父っつぁんだ。まあ一杯やりねえ……」

「すまねえな……」

「よくいるだろう、真面目くさった奴が、年甲斐《としがい》もなくだとか、いい歳をしてだとか、したり顔で爺さんを窘めやがるのが……。おれもそのうち父っつぁんの歳になる。そん時にあれこれ言われちゃあ堪《たま》らねえなどと、時折思うのさ」

「ふッ、ふッ、栄三の旦那がそんなことを想っているとはねえ……」

鉄五郎の表情がたちまち若やいで、うきうきとし始めた。

「そんな利《き》いた風なことを吐《ぬ》かす奴は旦那、痛い目に遭《あ》わせてやればいいんだよう。男は死ぬまで男でなきゃあつまらねえ。おれはそう思っているのさ」

蕎麦《そば》搔《が》きとかまぼこで一杯やるうちに、鉄五郎の調子も上がってきた。

「嬉しいねえ。父っつぁんは男であることを忘れていねえ。おれはほんとうに見直したぜ」

栄三郎はその調子をさらに守《も》り立てる。

「栄三の旦那にそう言われると、おれも嬉しいや。近頃は旦那の言うように、真面目くさった野郎が世の中にはびこっているから堪らねえや」

「だがよう父っつぁん、口先だけじゃあいけねえよ。ほんとうに好い女《いいの》を拵えるくれえでなきゃあ、ただの強がりになっちまう……」

「へッ、強がりなんざ言ってねえや」

鉄五郎はしたり顔で言った。

「うむ？　てことは何かい。父っつぁん、好い女《いいの》を拵えた……。はッ、はッ、まさか
そんなこたあねえよな……」

「ふッ、ふッ、ふッ……」

「何でえ、からかうんじゃあねえや」

栄三郎は鉄五郎の負けん気をくすぐった。

「からかってなんかねえや」

「じゃあ好い女《いいの》がいるってえのかよ！」

「ああ、とびきり好い女《いいの》がいるんだよ！」

鉄五郎は思わず口にしてしまったことを悔やんだが、こう話が弾んだ上からは、酔いも手伝ってちょっとばかり惚気《のろけ》を言いたくなってきた。

「本当かよ、父っつぁん……」

栄三郎は声を潜《ひそ》めて、精一杯に目を丸くして鉄五郎を見た。

栄三郎のそんな表情を見せられると、鉄五郎はますます得意になって、

「それが、ほんとうなんだよう……」

お玉というすあい女とわりない仲になったと、ついに告白したのである。

栄三郎は内心快哉《かいさい》を叫びながら、

「そいつは大したもんだ……。父っつぁん、この話は誰にもしねえから、詳しく馴初《なれそ》めなんぞを聞かせてくんなよ……」

とにかく感心してみせたのである。

それから鉄五郎が照れ笑いを浮かべながら話したところによると——。

半年ほど前から、鉄五郎は大原稲荷の掛茶屋に足繁く通うようになった。

煙管を届けた帰りにふと立ち寄ってみると、ここのぼた餅《もち》が鉄五郎の口に合ったのだ。

すると、いつしかここで、決まって大きな風呂敷《ふろしき》包みを背負ったすあい女と出会うようになった。

それがお玉であったのだが、威勢の好い上方訛が鉄五郎の耳に心地好く響いたという。

茶屋で見かけてから三度目の折、大きな風呂敷包みを背負おうとしたものの、なか

なか持ち上がらず悪戦苦闘するお玉の姿がおかしくて、くすッと笑うと、

「ちょっとおっちゃん、笑《わろ》てんとかいてえな」

お玉が遠慮のない声をかけてきた。言葉は乱暴であるが、明るい物言いに親しみが持てた。

「かく？」

「そやから、かいて言うてんねん」

「どこか痒《かゆ》いところでもあるのかい」

「誰が背中掻いてくれ言うてんねん」

「いや、背中とは言っちゃあいねえが」

「風呂敷をかいて……、持ち上げてくれ言うてんねんがな」

「ああ、そういうことかい。そうだ、上方じゃあそう言うんだな。よし、そこまでおれが持ってやろうか」

鉄五郎が少し呆気にとられて言うと、

「お気持ちはありがたいけどな、これがうちの生業やよってに、人さんに運んでもらうわけにもいきまへんねん」

お玉はにっこりと笑って鉄五郎を見た。

そんなことがあってから、鉄五郎はお玉と言葉を交《か》わすようになった。

孫が出来て以来、少しは人間が丸くなってきた鉄五郎であったが、頑固で気の短い性分《しょうぶん》はまだまだ健在であった。

だが、お玉のどこかおかしみのある上方訛を聞いていると、遠慮のない物言いをされても何故《なぜ》か腹が立たなかった。

それどころか、娘といってもおかしくないお玉に、

「鉄つぁん!」

などと小癪《こしゃく》な口を利かれると、むしろそれが安らぎになっていった。

「こんな掛茶屋にぼた餅食べに来るのが楽しみやて、鉄つぁん、家の者から邪険にされてるのとちがうか……」

自分も煙草を喫《す》っているのに、鉄五郎が煙管師としては名人であることも知らず、

「今度おれが、とびきり好い煙管を拵えてやらあ」

と、鉄五郎に言われても、

「いらんいらん、煙管みたいなもん煙が出たらええねん……」

あっけらかんと返すお玉は小気味が好い。

だが、ある日、ふっと鉄五郎の仕事場の前を通りかかって、名人の顔となって煙管

作りに励む姿を見て、

「鉄つぁん、大したもんやねんな……」

と、いたく感心した。

しかし、鉄五郎が名人と謳《うた》われる煙管師とわかってからも、お玉の鉄五郎への小癪な口の利き様は変わらなかった。

ただ、その声音《こわね》には尊敬の念と甘えが加味されたのは明らかで、それからお玉は何かというと仕事場を覗《のぞ》いては声をかけて通り過ぎるようになった。

「話を聞きゃあ、お玉は大坂島之内《しまのうち》で三代続いた料理屋の娘だったのが、店の料理人と恋仲になって女将《おかみ》だった母親に咎《とが》められ、駆け落ちも同じに江戸へ出てきたそうだ」

「そうかい……。父親はいねえのかい」

「お玉がまだ幼い頃に死んじまったそうだ」

「なるほど。その母親にしちゃあ、女手ひとつで育ててきた娘を料理人にとられて堪るか……。てところだな」

「ああ、江戸で名をあげて、お袋さんに改めて許してもらおうとしたんだとよ。ところが、江戸へ着いた途端に料理人は死んじまった」

お玉は戻るに戻れずにいたが、やがて風の便りに大坂の母親も亡くなり店も人手に渡ったことを知る。お玉はその時まだ二十歳《はたち》であったという。

それからは旅籠《はたご》の女中として働いたり、物売りなどしながら生きてきたのだが、この数年はすあいを生業にすることで、やっと落ち着いた暮らしが出来るようになったそうな。

「そうかい……。やっと今になって、恋仲だった料理人のことを忘れられるようになり、小せえ頃に亡くなった親父さんの面影《おもかげ》を父っつぁんに見たのかもしれねえな」

栄三郎はしみじみとして鉄五郎を見た。

「さすが旦那だ。お玉は同じことを言って、おれに甘えてくるようになりやがった。鉄つぁん……なんて言ってな。おれはそれが可愛くて堪らねえようになってなあ」

鉄五郎も大きな吐息をついた。

「ヘッ、ヘッ、その鉄つぁんも今じゃあ、鉄！　なんてえらそうに吐かしやがる。お玉の前じゃあ、この鉄五郎もどうしようもねえ腑《ふ》抜《ぬ》け爺ィだ。だがなあ旦那、恥ずかしい話なんだが、おれはお玉にいいようにされているのが楽しくて仕方がねえんだよ。小せえ頃は肉親の情に恵まれず、いつも腹を減らして泥水飲んで……、人に弱みを見せまいと思って生きてきたこのおれが……。死んだ嬶《かか》ァにゃあ文句ひとつ言わせなかったのに何てこった……。だが、やはり楽しいんだよ。お玉に叱りつけられたり、甘えられたりすると、ああ、おれは生きている……。そう思えてよう……」

「好いじゃねえか。おもしれえじゃねえか。父っつぁん、人にはいくつもの顔があるんだ」

「いくつもの顔がある……？」

「ああ、怖《こえ》え顔もありゃあ、やさしい顔もある。強がっている顔、泣いている顔、大人びた顔に、子供じみた顔……。その中でも日頃は隠しておきてえみっともねえ顔を見せられる相手がいる。これほどの幸せはねえよ。歳をとるほど顔が増えてきて、隠し場所に困るようになるからねえ。おれなんかがそう思うんだ。父っつぁんくれえの歳になればなおさらだ……」

栄三郎はニヤリと笑って大きく頷いてみせた。

鉄五郎もこれに倣《なら》った。

こんな言葉の応酬《おうしゅう》の後の恥ずかしさをごまかすには、

「ふッ、ふッ、ふッ……」

「ヘッ、ヘッ、ヘッ……」

男は笑うしかない。

「ヘッ、ヘッ、ヘッ、旦那、爺ィの惚気を聞いてくれてありがとうよ……」

「はッ、はッ、うめえことやりやがって、鉄！　あほやなあ……」

「勘弁してくれよ旦那、こいつは内緒だぜ」

「わかっているよ。父っつぁん、今は存分に楽しんでおくれな。だが、ちょいと落ち着いたら、そこから先をどうするのか、とにかくおれに考えを教えてくんな。お玉のために、娘夫婦のために、おれがひと働きしてやるよ……」

栄三郎の真心のこもった言葉に、鉄五郎は思わず目に涙を浮かべた。

「かっちけねえ……」

今は老いらくの恋路に時を忘れて浸《ひた》れば好いが、いずれお玉を後添えにするのかどうするのか、思い悩む時がくるやもしれぬ。その時の娘夫婦への取次ぎは、おれに任せておけばいい――。

鉄五郎には、皆まで言わぬ栄三郎の気持ちがひしひしと伝わってきた。もしかして、娘のおしのと亭主の義太郎が自分の異変を見てとって、秋月栄三郎を頼ったのかもしれない。長く世の中を生きてきた鉄五郎のことであるから、そんな想いも頭をよぎった。だが、そんなことはどうでも好い。

自分の最後の恋路を見守ってくれる男がいるだけで、老境に入った鉄五郎には心強かったのである。

四

鉄五郎の老いらくの恋を確かめ、冷やかしつつも祝福した秋月栄三郎であった。

おしの、義太郎は、煙草屋の隠居達と将棋を指しに行くなどと苦しい嘘《うそ》はつかずとも、好い相手がいるなら後添えにすれば好いとさえ思っているはずで、それをとやかく言うはずもないものを――。

そんな想いを持っていることはわかった上で、この若夫婦には、鉄五郎は確かにすあい女と人知れず逢《あ》っているようではある。しかし、その付き合いの度合はまだ深いものではない。

それゆえ、もう少しの間、知らぬふりをして見守ってやるのが好い分別《ふんべつ》だと伝えておいた。

その間も栄三郎は、又平にそれとなく鉄五郎を気にかけておくようにと言いつけた上で、又平の兄弟分である駒吉《こまきち》にも手伝わせて、お玉の身辺に目を光らせた。

鉄五郎の話を聞くに、お玉は苦労を重ねたわりには明るくて屈託がない。

すあいとして働き、立派に暮らしていて、鉄五郎に金銭の助けなど一切ねだってい
ないから、〝鉄！〟などと小癪な口を利いても嫌みがない。
その乱暴な口の利き方は、父娘《おやこ》ほどの歳の差を埋めて、なおかつ鉄五郎が若い気持
ちでいられるよう、お玉がわざと演じていることかもしれなかった。
そして、演じているにしても、恋仲になった料理人と江戸に駆け落ちしたという行
動力に裏打ちされてなかなか堂に入っていて、鉄五郎には堪《こた》えられないのであろう。
お玉が父親への憧憬《しょうけい》を鉄五郎に求めているのと同じく、鉄五郎はかつて悲恋に終
わった女の面影をお玉に求めているというのも栄三郎はわかっていた。
鉄五郎は、若い頃に少しの間だけであったが、京の煙管師の許で修業を積んだ時が
あった。
その時、煙管師の姪《めい》で、家事の手伝いに来ていた大坂の娘に恋をしたというのだ。
娘は親の決めた相手に嫁ぎ、鉄五郎は傷心の日々を過ごしたそうだが、この娘は歯
切れのよい快活な気性《きしょう》で、それにお玉は似ているらしい。
ゆえに、鉄五郎とお玉――この二人が惹《ひ》かれ合い、わりない仲に発展したとておか
しくはなかったはずだ。
だが、秋月栄三郎は、少しばかりお玉という女に対して気持ち悪いものを覚えてい

た。

それは、栄三郎が大坂生まれであるからこその引っかかりである。

鉄五郎の話によると、お玉は三代続いた大坂の料理屋の娘であるというのだが、そのわりには、お玉の大坂口跡《こうせき》はどうもおかしい。先日、栄三郎が又平と共にお玉と鉄五郎の会話をそっと聞いた時に思ったことである。

鉄五郎は、かつて恋した女が大坂の生まれであったからお玉の言葉に惹かれたようだが、栄三郎にとっては何やら気持ちの悪い発音が随所にあったので、

――どうしてまた江戸で、おかしな上方訛で話すのだろう。

ふとそんなことを思ったものだ。

鉄五郎は上方訛の女に憧憬を抱いているとはいえ、彼が京で修業をしたのはもう三十年以上も前のことで、その期間も一年くらいのものであったから、お玉の口跡に違和感を覚えぬのも無理はない。

お玉が鉄五郎の上方訛好きであるのを解してことさらに喋ってやっているのならそれでもよいのだが、そうすると、三代続いた大坂の料理屋の娘だというお玉の出自は怪しくなる。

本当はそういう出自ではなく、上方近在の生まれであるのを、鉄五郎がそんな風に

仕立てて栄三郎に話したのであろうか。

そんなことも考えてみたが、鉄五郎はお玉から聞いたままを栄三郎に伝えたとしか思われない。

そうすると、どうもお玉は、嘘をついているような気がする。

お玉が鉄五郎の気を引くために料理屋の娘だと嘘をついたのなら罪はない。日頃から上方訛を売りにしてすあいをしていたところ、鉄五郎に出会い、気に入られた。それでますます鉄五郎に好かれようとして、そんな嘘をついたのなら可愛いものではないか。

しかし、栄三郎としてはこのまま捨てておけなかった。

今、鉄五郎が順番をとばして丹精を込めて作っている煙管は、お玉にあげる物と、

「お玉が江戸へ出るにあたって、いたく世話になったという伯父さんがいるらしいんだ……。そのお人にも拵えてあげようと思ってよう」

という二本である。

伯父というのはお玉の亡くなった母親の兄で、尾張《おわり》の名古屋《なごや》で料理屋を営《いとな》んでいたのだが、去年から大坂へ戻って隠居暮らしをしているというのだ。

その伯父が近々、江戸へ出てくるらしい。

「ふッ、ふッ、父っつぁん、そいつは立派な結納《ゆいのう》だな……」

栄三郎は話を聞いて、そんな風に冷やかしたものだが、本人はどう思っているかはいざ知らず、名人・鉄五郎の煙管が二本世に出るわけである。

きちんとしたところに渡ってもらいたいというのが栄三郎の想いでもある。

鉄五郎とお玉の逢瀬を邪魔するつもりはないが、もう少しだけお玉という女のことを確かめておきたかったのだ。

この日も朝から空はどんよりと曇っている。

もう梅雨はそこまで来ている。降るならいっそざっと降ればいい。

栄三郎の今の気持ちとこのところの天気はどこか似ている。

「え……、うちの煙管だけやのうて、伯父さんの煙管も拵えてくれるんか……」

「ああ、おれがしてやれることといったらそれくれえのもんだからよう」

「そんなことまでしてくれんでええのに……」

「何を言ってやがんでえ、伯父さんは煙草好きだと言ってたじゃあねえか」

「そうか……。そんなこと聞いたら拵えんわけにはいかんわなあ」

「ああ、お前に首ったけの鉄、としちゃあな……」

「おおきに……。鉄はいかつい顔をしてるのに、やさしいよってに好きや」

「ヘッ、ヘッ、そんなら、やさしい鉄は帰るよ……」

「今度はいっぺん泊まっていってえな」

「ああ、そのうちな……」

「夜は戻らなんだら、娘はんが案ずるか？」

「まだ今はな……」

日が暮れ始めて、その日も鉄五郎はお玉の家を出た。

交代で見張っていた又平と駒吉であったが、そろそろ鉄五郎が帰る頃だと思って二人共に並びの料理屋の竹垣にいて、これをそっと見守っていた。

今日は栄三郎と一杯やってから、鉄五郎がお玉の家を訪ねた。

鉄五郎が結納の煙管のことなどをお玉に話すであろうと見た栄三郎は、又平、駒吉の二人に、鉄五郎が帰ってからのお玉に気をつけろと言った。

それは栄三郎の勘働きというもので、取次屋としての神経であった。

「又平、あの歳になって女とねんごろになるなんて大したもんだ……」

駒吉が囁いた。手習い道場裏手の〝善兵衛《ぜんべえ》長屋〟の住人で、日頃は瓦《かわら》職をしている駒吉であるが、久しぶりに取次屋の手伝いをするのが楽しくて、その声は弾んでいる。

「ああ、お前もおれもまだまだよろしくやれるというもんだな」

「その前に、所帯を持ったらどうだよ」

「駒……、お前こそな……」

又平と駒吉が他愛《たわい》もない言葉を交わすうちに、鉄五郎の姿は見えなくなり、それとほぼ同時にお玉が家から出てきた。

すあいの仕事絡みで出かけるのではないようだ。

風呂敷包みは持っておらず、鉄五郎と会っていた時の鳴海絞《なるみしぼ》りの単衣《ひとえ》を着た小粋《こいき》な姿そのままに、どこかへ出かけるようである。

又平と駒吉は、これに無言で張りついた。

二人共に秋月栄三郎という男と付き合ううちに、いつしか人への洞察が深まった。

鉄五郎が帰った後に出かけるお玉の様子が、先ほどとは何か違うように思われたのだ。

何が違うかと問われるとはっきりとはわからないのだが、お玉の総身から乾いたようなけだるいような色気が漂っているのが感じられるのだ。

それは彼女ならではのはきはきとした健康的なものではなく、年増女《としまおんな》のまとわりつくような粘りを含んでいる。

お玉は仙台堀沿いに東へと進み、亀久橋《かめひさ》の袂《たもと》にある閑静な料理茶屋へと姿を消した。

お玉が住む仕舞屋の近くに建ち並ぶ料理茶屋と同じく、ここも柴垣、竹垣に囲まれた粋なところである。

そっと覗くと、中は渡り廊下が縦横に走り、いくつもの離れ家を繋《つな》いでいる。何やら出合い茶屋を思わせる造りであった。

駒吉と又平は顔を見合わせると、やがて二人共に軽々と傍の竹垣を乗り越えて、離れ家を覆い隠している植込みの陰へとその身を潜めた。

互いに捨て子であったのを拾われて、軽業芸人《かるわざ》として見世物小屋で育った又平と駒吉は、いまだに身に備わった軽業が身上である。

庭の陰を潜《く》り抜けつつお玉の姿を認めると、今度は猿《ましら》のように屋根に取りつき、耳を澄ました。

すると、お玉の入った離れ家に、やがて男の連れが現れた。

屋根の上から渡り廊下を行く男を見た限りでは、歳の頃はお玉と同じくらいで、鼻筋の通った姿形の美しい遊び人風であった。

「お玉……、どんな具合や……」

男の声は涼やかで、そして彼もまた上方訛である。

「まあ、あんじょうことは進んでるわ……」

お玉の声が続いた。口調から察するに、二人が親しい間柄であるのは明らかだ。

「ふッ、お前もすっかり大坂の女らしゅうなったもんやな」

「ああ、伊之《いの》さんの指南のお蔭でねえ……」

「おっさん、喜んでるか」

「ああ……、あたしに一本、伯父さんに一本、とびきり好い煙管を拵えてくれるってさ」

「ほんまか……！　お玉、ようやった、ようやってくれたなあ……」

伊之と言われた男は歓喜に声を上《うわ》ずらせた。

「だがねえ、あたしは何だか夢見が悪いよ……」

それに対して、お玉の声は何ともやるせない沈んだもので、その口跡も上方のものではなく、江戸の女のそれに変わっていた。

「何やお前、ほんまにあのおっさんに惚れてしもたんか。はッ、はッ、はッ……、もうあっちの方は役に立たんとか言うていたけど、ほんまのところはどないやねん……。

へッ、へッ、煙管だけやのうて、そっちの方も名人か……。はッ、はッ、はッ……」

「よしとくれよ！」

「まあ、そう怒るな。戯《ざ》れ言《ごと》やがな……」

「確かにあのおやじは、伊之さんみたいに好い男でもないし、若くもない。だがね
え、あたしは生まれてこの方、こんなに人にやさしくしてもらったことはないよ……」

離れ家の一間からは、下卑《げび》た上方男の笑い声と、すれた女の怒る声が聞こえてきた。

「まあまあ、今はわしがやさしいしたげるがな」

「ふん、女に色を売らせるような男のやさしさなんてごめんだよ」

「そやからそないに怒るなよ。もうちょっとの間手玉に取ってくれたら、この先なん
ぼでも楽させてあげるがな……」

「お前はろくでなしだよ……」

やがて男と女の声は痴話《ちわ》喧嘩を奏《かな》でた後、荒い息遣いに変わり、いよいよ降り出し
た雨音に呑《の》み込まれていった。

「駒、今日はここまでだな……」

「ああ、胸くそが悪くなってきたぜ……」

屋根の上の又平と駒吉は不機嫌に顔を歪《ゆが》ませながら、鮮《あざ》やかな身のこなしで地上へ

降り立った。

雨にけぶる細道を駆ける二人はしばし無言で、切なさを胸に静かに怒りを募《つの》らせる秋月栄三郎の姿を、拝《おが》むようにして脳裏《のうり》に思い浮かべていたのである。

五

伊之さん——とお玉が呼んだ男は、伊之助《いのすけ》といって、一年くらい前に上方から江戸へ出てきた遊び人である。

調子が好く、人懐《ひとなつ》っこい上方訛で商家の主《あるじ》などに取り入り、京、大坂の流行物《はやりもの》や風俗を紹介しておもしろがられていた。

役者のような姿形で話が上手となれば女にもてるのも無理はない。

そして、定職もなく、これといった芸も技もない伊之助は、放蕩《ほうとう》息子や成り上がりの道楽者に集《たか》る他は、たらしこんだ女に稼がせてそのかすりで暮らしていた。

とはいえ、いずれの実入りもたかがしれている。

そこで思いついたのが、〝ある物〟の仲立ちをすることであった。

今度の仕事は大金が動く、伊之助にとってはまさに勝負のしどころであった。

彼は今、日本橋《にほんばし》北にある乾物問屋〝いぬい屋〟の奥座敷にいる。

昨夜突然降り出した雨も今日はすっかりとあがり、まさしく五月《さつき》晴れの一日が続いていた。

〝いぬい屋〟は老舗《しにせ》の乾物屋で、今は三十を過ぎたばかりの浪太郎《なみたろう》が当主である。

〝いぬい屋〟はこの浪太郎の代になって消えてなくなるのではないかともっぱらの評判なのだが、伊之助は今、この馬鹿旦那に取り入ろうとしている。

「伊之さん、それはほんとうかい……？」

そうして浪太郎は、〝伊之助から持ちかけられた〝ある物〟の仲立ちが首尾よく進んでいると聞かされて、大いに満足しているようだ。

「へえ、それはもう、ほんとうもほんとうでおます。何でしたら女ものも一本、お付けしましょうか」

伊之助は揉《も》み手で応えた。

「女ものか……、それも考えておこうよ」

「どうぞよろしゅうに……」

「とにかくまず、頼んだよ。五十両出すからさ」

「五十両……。さすがは〝いぬい屋〟の旦那だ……」

伊之助が仲立ちをする〝ある物〟が、鉄五郎作の煙管であることは言うまでもなかろう。

「あの頑固おやじの目の前で一服つけたら、さぞ気持ちが好いだろうねえ」

ほくそ笑む浪太郎は、今まで何度も鉄五郎に煙管を注文してきたのだが、

「ふッ、お前さんほどのお人なら、何もおれの煙管を使わずとも、もっと好い煙管を手に入れることなんざ、わけもねえでしょうよう……」

その度《たび》に、こんな風に言われて断られた。

遊び好きで、よからぬ連中をも取り巻きにしている浪太郎である。

「父っつぁん、おれをあんまり怒らせねえ方が身のためだと思うがなあ……」

業《ごう》を煮やして鉄五郎を脅しつけたこともあったのだが――。

「うるせえ馬鹿野郎！　この鉄五郎はなあ、お前みてえな腑抜けを見ていると腹が立って仕方がねえんだ。怒らせねえ方が身のためだと？　言っておくが、町のお奉行様は、南も北もおれの煙管をお使いだってことを忘れるなよ……」

目の覚めるような啖呵《たんか》を切られて、逆に脅しつけられた。

強がっていても根は小心な浪太郎は、力ずくで拵えさせることを諦《あきら》めた。

とはいえ、こうなれば何としても煙管を手に入れたくなってくるのが人情である。

ましてや、遊びにかけては通《つう》を気取り、商家の旦那に似合わぬ男伊達《おとこだて》ともてはやされている浪太郎なのだ。

伊之助はこの話を聞きつけ、とびついた。

何とかして鉄五郎に煙管を作らせ、自分の物にした後、これを浪太郎に転売してやろうと企んだのだ。

「まあ、どうせ無理だとは思うが、やれるものならばやってみな。手に入ればいつでも買い取ってやるよ……」

伊之助の申し出に、浪太郎は素っ気《そけ》なく応えた。直《じか》に自分に煙管を作ってくれないのなら、すでに世の中に出回っている品を買い取ろうかと思ったこともあった。

だが、元々寡作の鉄五郎作の煙管はなかなか見つからず、見つかったとて、

「これはいくらお金を積まれましてもお譲りするわけには参りません……」

所持する者は口を揃《そろ》えて断るのだ。

このあたり、鉄五郎が買い手を選ぶ目は真に確かなもので、浪太郎のような浮かれた金持ちに大事な煙管を譲ってたまるかという心意気のある者か、浪太郎ごときが口も利けないような高貴な者ばかりが彼の煙管を持っているのである。

浪太郎は金があっても好事家《こうずか》達から相手にされぬ身に苛立《いらだ》ちつつ、

「他人が口をつけたような煙管を使うほど、おれも物好きじゃあないさ」

などと負け惜しみを言っていたくらいであるから、調子の好い伊之助の言葉など歯《し》牙《が》にもかけていなかったのだ。

だが、伊之助はどういう手妻《てづま》を使ったのか、うまく手に入れることが出来るという。

いまだ半信半疑だが、羅宇は黒漆《くろうるし》、雁首と吸口は銀で、松竹梅の飾りが入ったものだと詳細に伝えに来たので、あるいはと上機嫌になって五十両の約束をしたのだ。

伊之助は五十両と聞いて大喜びで、〝いぬい屋〟を辞した。

さすがに自分の女に因果を含め、これをはきはきとした上方女に仕立て、鉄五郎に近づかせたことまで今は言わず、

「まあ、鉄五郎という男は、気に入った者にはただでも拵えてやるあほでございますから、このあたりをこう、くすぐってやりましたのや……」

などと伝えてあったが、鉄五郎が騙《だま》されているとも知らずに女のために拵えたとわかれば、馬鹿なおやじの煙管は今おれの手にあるよと、浪太郎も大いに溜飲《りゅういん》を下げるであろう。

煙管を渡す時に種明かしをすれば、五十両にさらに色をつけてくれるかもしれない。

伊之助はそんなことをも考えていた。

何とかして鉄五郎に煙管を作らせたい——。かつて取次屋・秋月栄三郎がそう思って鉄五郎に近づいたように、伊之助もその機会を窺った。

ある夜、海賊橋《かいぞく》の袂のおでん屋台で、上機嫌で燗酒《かんざけ》を一杯やっている鉄五郎の姿を見かけた。

日本橋まで煙管を届けた帰りで、客からの振る舞い酒だけでは飲み足りず、ぶらりと立ち寄ったようだ。

それだけ、今日届けた煙管の出来が自身会心で、一人祝杯をあげたかったのであろう。

伊之助は、ここぞとばかりに自分も床几の端に腰をかけ、

「お楽しみの邪魔をいたします……」

おっとりとした上方訛で鉄五郎の機嫌をとってみた。

すると、鉄五郎は意外にもにこやかに、

「何でえ、上方の人かい……」

伊之助に応えたのである。

「へえ、いつまでも訛が抜けんで困っております……」

「いや、上方訛は好いもんだよ」

「そうでおますか」

「ああ、とりわけ男勝《まさ》りで、ぽんぽんと歯切れの好い言葉を並べる女はいいぜ……」

鉄五郎はよほど上機嫌であったのであろう、昔の思い出をなぞって、かつて惚れた女の面影を夜空に浮かべてみせたのだ。

職人としての充実に加え、親友の息子は腕の好い羅宇師として成長し、愛娘《まなむすめ》と夫婦になった。

娘夫婦は少し歩けば会える所に住んでいて、孫を生《な》してくれた。

そういう幸せを摑んだことが、鉄五郎を随分とものわかりが好く、明るい爺さんに変えていたのである。

これにほくそ笑んだのが伊之助であった。

伊之助は、鉄五郎に若き日の恋への憧憬が残っていることに気付いた。役者のような容姿と調子の好さで、女を手玉に取ってきた伊之助ならではの勘であった。

早速、鉄五郎の懐の内に飛び込める、そんな女を仕立てようとした。そこで目をつけたのが、すあい女のお玉であった。

お玉は千住の宿の娼家《しょうか》にいた遊女であった。元を辿《たど》れば葛西《かさい》の貧農の出で、もちろん遊女になったのは売られたからだ。

だが、借金の額はそれほど大したものではなく、しっかり者で男を手玉に取る天賦《てんぷ》の才があったというべきか、すぐに浅草《あさくさ》の呉服商の隠居に落籍《ひか》されて、根岸《ねぎし》の寮に囲われた。

ところがその隠居は一年も経《た》たぬうちに死んで、お玉は寮を追い出されてしまう。

その後は、下谷《したや》あたりですあいを生業として何とか一人で生きていけるようになったが、初めのうちは身を売るような真似もした。

そんな中で知り合ったのが伊之助であった。

小悪党であるのはわかっていたが、容姿が美しく、何かというと巧《たく》みに誉め、女をおもしろい話で楽しませてくれる伊之助のような男との出会いは、お玉にとっては初めてのことであったのだ。

すぐに深みにはまって、別れられぬ男女の仲となってしまったわけだが、伊之助にとっては、お玉を金蔓《かねづる》にして情夫に納まるのは真にたやすいことであった。

「これで上方へ出て、ちょっとした料理屋でも開いて、二人でのんびりと暮らせるで……」

お玉をそんな言葉で操《あやつ》って因果を含めると、上方言葉を教え込んで出自もでっちあげ、鉄五郎が近頃通い始めたという将棋会が開かれる煙草屋の近くに仕舞屋を見つけ、ここに住まわせた。

そして、満を持して鉄五郎と出会わせたのである。

伊之助の策は見事に当たった。

遊女の頃から年寄の扱いに長《た》けていたお玉は、習い覚えた上方訛で鉄五郎の心をしっかりと捉えたのである。

「それにしても、こんなにうまいことといくとは思えへんかったなあ……」

やがて伊之助は、この前と同じ亀久橋袂の料理茶屋へ入って、離れ家の一室でニヤリと笑った。

彼の前にはお玉がいる。

「いい値で買ってくれるってかい……」

お玉が問うた。

「当たり前やがな。しかも二十五両や。大したもんやろ……」

伊之助は、五十両を二十五両だとお玉に報《しら》せた。

この二十五両を分け合い、残りの二十五両は自分だけのものにするつもりなのだ。

上方へ戻った後、折を見てお玉を捨て、他の女に乗り換える算段はすでに伊之助の中にあったのだ。

そんな伊之助の薄情を、お玉は心の隅でわかっていたが、たとえ十両でも好い、まとまった金を摑んだら、江戸を出て上方に行ってみたかった。

そして、新しい土地で小商《こあきな》いでも出来るようなれば伊之助と別れたとて構わない。

男とのせめぎ合いのない、のんびりとした暮らしを送ってみたいと思い始めていたのだ。うまく手玉に取って、煙管さえ作らせればよいはずの鉄五郎であったが、この男を騙すことが日々辛《つら》くなってきて、お玉をそんな想いにさせたのだ。

だが、そういう女の変心を見逃す伊之助ではない。

もしやお玉は、本当に鉄五郎の情にほだされてしまったのではないか、そうして騙すことに堪え切れなくなり、何もかも打ち明けてしまえば元も子もなくなる。

まず鉄五郎がお玉の伯父のためにと煙管を仕上げるまでは、この女をしっかりと支配しておかねばならない。

「二十五両を手に入れたら、これはみな、お前が思うように使てくれたらええのやで。おれかてな、お前にこんなことさせるのはほんまに気ずつない、申し訳ないと思てる。そやけど、お前とおれが浮かび上がるためにはまとまった金がいるのや。すまんけどもうちょっとだけ辛抱して……。なッ、お玉……」

伊之助は甘い言葉を囁きながらお玉を抱き寄せた。悪い男と思ってみても、伊之助が整った目鼻立ちを涙で濡らし、自分のことを労《いたわ》り、甲斐性《かいしょう》のない情けなさを吐露してくると、もう騙されても好いからこの陶酔に浸っていたい——女はそう思うものだと、この女たらしは確信している。

「ふん、あんたなんて嫌いだよ……」

お玉は抗《あらが》いつつも、やはり伊之助の術中にはまっていく。

後ろから抱きすくめられて、

「なあ、お玉、堪忍してえな……」

耳元に熱い吐息を吹きかけられるともういけなかった。

「どうにでもなりゃあいいさ……」

自分がぐれたのも世の中のせいだと、自棄《やけ》な想いとなって身を任せたその時であった。

静かに部屋に三人の男が入ってきた。

「な、何じゃいお前らは……」

存外に伊之助は気が小さい。お玉に隠れるようにして三人を睨《にら》みつけて身震いした。

よく見ると、部屋に入ってきたのは剣客《けんかく》とその門人風で、門人風の二人がすっと伊之助とお玉の背後に立つと、剣客は厳しい表情を浮かべて、二人の前にどっかと座った。

「お楽しみのところ、すまんこっちゃのう……。そやけどしっかりと話は聞いてもらうで。おれは秋月栄三郎というてな、煙管師の鉄五郎の友達や……」

鉄五郎の名が出て、伊之助は慌ててお玉から離れた。

「今頃離れても遅いわい。お前らなめた真似をしくさったら承知せんぞ。鉄五郎を欺《あざむ》いたとて、鉄五郎にはおれみたいな友達がようけおる。おかしな上方訛にも騙されへんわい。それを忘れるな……」

又平、駒吉の報告を受けて、栄三郎は一抹《いちまつ》の不安がそのまま明らかになったことを悔やみ、嘆《なげ》き、そして怒ってこの料理茶屋へ客を装い乗り込んだ。

今日はしっかりと大小を腰に帯び、絽《ろ》の袖無《そでな》しに袴《はかま》ばき、立派な剣客風の装いである。

従う又平、駒吉にも剣術道場の門人のごとき恰好《かっこう》をさせ、腰に脇差《わきざし》を帯びさせている。

上方訛で詰るのも、言い訳をさせぬため。

お玉は女の開き直りでただ無言で首を垂《た》れたが、伊之助は戦《おのの》いて、

「いや、これは先生、何か思い違いをしてはりますわ……」

何とか調子の好いことを並べてこの場を逃げきる魂胆——。

「ごじゃごじゃ吐かすな……!」

こういう相手を黙らせるにはこれが一番だと、栄三郎は抜刀して剣先を伊之助の鼻先にぴたりとつけた。

「そのきれえな顔を切り刻んだろうかい……」

「ひ、ひ……、い、命ばかりはお助けを……」

伊之助、今度は泣き落としに出た。

栄三郎は元よりそんな奴であろうと見ていた。目に一層力を込めて、

「泣くなあほが……。お前みたいな腐った男を斬ったら刀の汚《けが》れじゃ。今までのことは何もかも忘れて江戸を出え……」

「は、はい……」

「あじいな真似をしくさりやがったらただではおかん。取次屋の栄三というのはどういう男か町で訊け。そしたらおれの言うてることがようわかるはずや……」

「へ、へい……」

「人と人を繋ぐのを生業にするなら、どんな時でも男の真心を持ってかかれ」

「どんな時でも男の真心を持ってかかる……」

大仰《おおぎょう》に首を傾げる伊之助の姿に、栄三郎は苛々として、

「もうええ、お前に何を言うたとてわかるまい。とっととうせえ！」

「へ、へい！」

「ここの払いをすませておけよ……」

「へい！」

伊之助は、栄三郎が刀を納めると同時にお玉を残して駆け去った。

「ふッ、お前も下らぬ男にひっかかったものだなあ……」

栄三郎は呆れ返ってお玉に皮肉な笑みを向けた。上方訛はもう使わなかった。

「はい、つくづくと情けのうございますよ……」

お玉は大きな吐息をついて、自嘲《じちょう》の笑みを浮かべた。

「鉄五郎は爺イだが、好い男だったろう」

「はい。生まれて初めて本当の男を知った思いでございますよ。やさしくて無邪気で、それでいて男っぽくて、職人としては惚れ惚れとする腕を持っていて……。いえ、嘘じゃあございません。おだてを言って許してもらおうなんて思っちゃあおりま

せんから……」

「初めは騙したつもりが、父っつぁんの好さをわかってきたってことかい」

「はい……。でもねえ、わかったところでどうしようもありませんよ。本当のことを打ち明けることもできず、あの下らない伊之助との縁も切れずに……。ふッ、ふッ、つくづく嫌になりましたよ。どうぞ、煮るなと焼くなと、お好きなようにしてやってくださいまし……」

お玉は深く頭《こうべ》を垂れた。そこには鉄五郎が惚れて可愛がった上方女の姿はなかった。

「ふッ、あほやなあ……」

栄三郎は小さく笑うと、お玉の前に小粒を並べた。

「ここに一両ばかりある。こいつを持って、江戸から出ていってくんな。あんな伊之助みてえな男と手切れができたのは何よりだ。見たところ、お前はたくましい女だ。この先何とかやっていけるだろう。そうして、新しい処であわよくば、本当の恋をしておくれな」

「旦那……」

お玉の目にみるみる涙が溢《あふ》れ出た。

すべてを知った上で、自分を人らしく扱ってくれる男がこの世にいるなんて――。

そして、これほどの友達を持つ鉄五郎を騙した自分の下らなさに、今お玉は泣けてきて仕方がなかったのである。

「お前も、男の巡り合わせが悪かったんだろうな。まあ、そのうちつきも巡ってくるさ」

「いただけません……。こんなものは頂戴《ちょうだい》するわけには……」

お玉は何か言おうとしたが、目も鼻も口も涙に詰まって言葉にならない。

「いいから取っておきな。おれにとっちゃあなけなしの一両だ。大事に使うんだぜ。だがその前に、あれこれお前にはしてもらいたいことがあるんだよ……」

栄三郎はにっこりと笑った。

お玉は涙に潤《うる》んだ目でその笑顔を見つめながら、そこに伊之助の笑顔とはまるで違う輝きを認めると、懸命にそれを己《おの》が瞼《まぶた》の裏に焼き付けていた。

六

「そうかい……。お玉っていう姉さんは出ていっちまったのかい……」

「ああ、おれがちょいと家を空けた間に、文が戸の隙間《すきま》に挟んであった……」

「そいつはいってえどういうことだい」

「何でもよう、江戸に来るはずの伯父さんが、病で寝込んじまったそうだ」

「じゃあ、大坂へ戻ったのかい」

「ああ、伯父さんのことを放っておけねえってな……。その伯父さんには、もうお玉の他に身寄りがねえそうだ」

「それで伯父さんの世話をするってかい。やさしい女だねえ……」

「ああ、お玉はやさしい女だ……。観音様《かんのんさま》みてえにな……」

「だが、また戻ってくるんだろう」

「いや、もう江戸へは戻らねえってよ」

「何だいそりゃあ……」

「伯父さんの病は相当悪いそうだ。いつよくなるかしれねえし、また好くなったとしてももう歳だ。お玉がついていてやらねえとどうしようもねえんだ……」

「だからってよう、何も伯父さんのために、身を捧げちまうことはねえじゃねえか」

「さあ、それだよ。栄三の旦那、まあ聞いてくれよ……」

栄三郎が伊之助を脅してお玉の素姓《すじよう》を暴いた、あの日から二日後のこと。

栄三郎は何くわぬ顔をして、夕刻になって鉄五郎の家を訪ねた。

昼過ぎにお玉に書かせた文をそっと駒吉に戸の隙間に挟み込ませ、それを一読した鉄五郎が慌てて深川のお玉の仕舞屋へ向かいすでにそこが空き家になっているのを見て、すごすごと帰ってきたのを見届けた上でのことであった。

伊之助は秋月栄三郎の噂を知り、小心者の本領を発揮して江戸から消えた。

「あの野郎、鉄五郎に煙管を拵えさせるなどと、嘘八百並べやがって。おれから前金のひとつくすねるつもりだったに違いない……」

いぬい屋浪太郎は怒りながらも、表沙汰にすれば、また好事家達から馬鹿にされると思い、

「鉄五郎の煙管のどこが好いんだい……」

とばかりに、今は京から銀煙管を取り寄せているそうな。

そしてお玉も江戸を出た。鉄五郎が惚れた本当の上方女になるために――。

「お玉はなあ……、伯父さんの世話をしながら、今はもう潰《つぶ》れちまった料理屋を、自分の手で建て直してみてえんだとよ」

鉄五郎はしみじみとして言った。

お玉が文を遺《のこ》していなくなったと聞いて、栄三郎はすぐに鮨《すし》と酒を買ってきて、仕事場の奥の部屋で二人きりで一杯飲みながら、今鉄五郎の話を聞いている。

「なるほどなあ……。そうすることが、迷惑をかけた母親への供養だと思ったんだな……」

そしていいち相槌を打つ。

「どうやらそのようだ……」

鉄五郎は、ほのぼのとした笑みを浮かべた。

文には、鉄五郎との暮らしは楽しいが、このまま江戸にいては、とどのつまり自分は何の親孝行もできぬままに終わってしまうとあった。

「ふッ、お玉はおれと一緒にいるうちに、親のありがたみを思い出したんだろうな……」

「いや、そんなんじゃあねえよ」

「どういうことだい」

「お玉は父っつぁんに心底惚れちまったから辛くなったのさ」

「どうもわからねえ……」

「二十歳やそこらで江戸へ出て、後家になって……、三十になるまでには色々あったんだろうよ。色々とな……」

「色々と……。そんなことはわかっていらあ。だが、おれはこんな爺ィだ。女の昔なんて気にしねえ」

「その、気にしねえ父っつぁんに、ますます惚れちまったのさ。それで父っつぁんほどの煙管師の傍に色々ある女がいちゃあいけねえと……」

「だからって、おれと別れて寂しかあねえのかよう……」

「寂しいに決まってらあ。だから大坂へ戻って店を建て直すくれえ働いて、忘れようと思ったのさ」

「何でえそれは……」

「そういう女もいるってことさ」

「そんなこと、文には書いてなかったぜ」

「当たり前だよ。文ってえのは書かれてねえことを読み取るものさ」

「ふッ、ふッ、さすがは栄三の旦那だ。うめえこと言うぜ……」

栄三郎と鉄五郎は互いにニヤリと笑い合い、それからしばし黙って酒を酌《く》み交わした。

家の外では雨が降り始めたようだ。表の道を、屋根の瓦を叩く雨音が賑《にぎ》やかだ。いよいよ梅雨に入ったようだ。

「でもよう旦那、ちょっとだけ、ほっとしているんだよ」

やがて鉄五郎が口を開いた。

「お玉がいなくなってよう……」

「わかるよ。父っつぁんも、どこまで女に惚れちまうか、心の内で怖くなっていたんだろう。この色男が！」

栄三郎は冷やかしながらまた酒を注《つ》いでやる。

「ヘッ、ヘッ、この歳になって恋ができたとはありがてえが、やっぱり、この歳だからなあ……」

「何言ってやがんでえ、老け込むんじゃあねえや。また新しい恋を見つけねえでどうするよう」

「そうだな……。よし、旦那、今宵《こよい》はとことん付き合ってくんな」

「おう、外は雨だ。朝までやるかい」

「ありがてえ……」

「だが、しんみりするのはごめんだぜ……」

「わかっているよ。おれは人に弱みは見せねえ〝がんこ煙管〟の鉄五郎だよ……！」

「うん、その調子だ」

「ところで旦那、おしのと義太郎が、おれに女が出来たんじゃあねえかと、やっぱり疑ってやがるみてえなんだ」

「そいつはおれに任せときな。うめえこと取り繕《つくろ》っておいてやるよ」

「恩に着るぜ……」

「それもこの煙管のお返しさ」

栄三郎は鉄五郎からもらった煙管を出すと、一服つけて、白い煙をくゆらせた。

「この、五十両の値打ちの煙管のよ」

「馬鹿言うな。こいつを五十両で買おうなんて奴は底抜けの馬鹿だよ」

「いや、馬鹿はいっぺえいるんだよ。でも父っつぁん、楽しい想いをしたなあ」

「ああ……、楽しかったよ。だが何よりも楽しいのは、旦那とこうやって、くだらねえ話を肴《さかな》に一杯飲めることとさ。ありがとうよ……」

「ほら、しんみりとした。まったく鉄は、あほやなあ……」

第三話　奴《やっこ》と幽霊

一

その日は、朝からうだるような暑さであった。

秋月栄三郎は、旗本三千石《ごく》・永井勘解由邸の奥向きへの稽古《けいこ》に出向いたものの、半刻《とき》ばかりで切り上げた。

男であればいざ知らず、奥向きの女中達がこんな日に武芸の鍛練《たんれん》に精を出すこともあるまい。

「心頭《しんとう》を滅却《めっきゃく》すれば火もまた涼し」

そのような強い精神をもって武芸は修得しなければならない――。

などと言って、こういう時こそ張り切る武芸者を今までに何人も見てきたが、栄三郎はまったく馬鹿げたことだと思っている。

彼の剣の師である岸裏伝兵衛は、

「生死の境目《さかいめ》を行き来するほどの激しい稽古は、己《おの》が心を強くするために時にはいたさねばならぬが、それで体を壊してしまえば元も子もない……」

常々そう言って、いつも短い稽古でいかに強くなれるかと日々工夫を重ねた人であった。

師譲りの合理的な稽古を求める栄三郎は、武芸を教授するのに当たって、弟子に決して無理はさせず、

「もう少し汗を流したかった……」

と思うくらいのところで稽古を切り上げ、本人にやる気を促《うなが》すことを常としているのである。

そんなわけで、稽古の終わりを告げて永井家奥女中達がほっとする様子に目を細め、栄三郎はいつものように老女・萩江に稽古の総評を伝え、あれこれ言葉を交《か》わした後に武芸場を辞した。

栄三郎は風に当たりたくなり、庭を通って中奥へと出た。

「これは先生……」

庭先には爽《さわ》やかな若侍がいて、栄三郎に人懐《ひとなつ》こい笑顔を向けてきた。

若侍は少し前から奥用人を務めている椎名貴三郎《しいなきさぶろう》である。

庭や屋敷の傷《いた》みなどを見て廻《まわ》るのも彼の仕事で、若者らしく溌溂《はつらつ》として勤めに励《はげ》んでいたようだ。

「おう、貴三郎殿でござるか、お会いする度《たび》にしっかりとされているので、すぐには

知れませなんだ……」

栄三郎はにっこりとして応《こた》えた。

貴三郎は、永井勘解由の奥方・松乃《まつの》の弟・椎名右京《うきよう》の次男である。

妾腹《しようふく》で右京の正妻と折合いが悪く、ぐれて屋敷を抜け出しては盛り場、悪所で暴れていたこともあったが、勘解由が預かってからはそれも収まり、今では嬉々《きき》として永井家の士として役儀に没頭している姿が何とも頬笑《ほほえ》ましい。

かつて貴三郎は勘解由の申し付けによって、秋月栄三郎と一緒に御救《おすくい》普請《ぶしん》で厳しい労働を強《し》いられ貧苦にあえぐ町の者達と共に暮らし、役人達の不正を暴いた。

その時の経験が、彼を見違えるほど律々《りり》しい若武者に生まれ変わらせたのであるが、あれこれと無言の内に人のあり方について教えてくれた栄三郎を、貴三郎はそれ以来慕《した》っていた。

「まったくお暑うございますが、先生もたまには松田《まつだ》先生のお稽古に来られませぬか」

貴三郎は白い歯を見せた。

岸裏伝兵衛のあとを継《つ》いで、永井家の剣術指南を務めているのは栄三郎の剣友・松田新兵衛《しんべえ》で、貴三郎はその稽古日を心待ちにして励み、めきめきと剣の腕を上げていた。

「いやいや、この暑い盛りに新兵衛と稽古をするなど、某《それがし》にとってはとんでもないことですよ……」

「ふッ、ふッ、そう申されると思いました。しかし、松田先生は秋月先生の腕をいつも惜しんでおられますよ」

「それも友ゆえのありがたさではあるが、某は奥向きの武芸指南だけで、剣術はもう十分でしてね」

互いにふッと笑い合った時、庭を一陣の風が吹き抜けた。

二人はそれをありがたがって、しばし総身をさらしたが、涼を求めるには随分《ずいぶん》と生暖《なまあたた》かく、あまり心地《ここち》の好いものではなかった。

そしてその風が、何者かが呟《つぶや》く声を運んできた。

「まずまず、お頼み申す……」

それは貴三郎の声ではない。

栄三郎はあたりを見廻したが、奥の武芸場から栄三郎の供をしてくれた中間《ちゅうげん》は、貴三郎との会話の邪魔にならぬようにと、その場から遠く離れて控えている。

声はすぐ近くから聞こえていたゆえに彼のものでもない。

眼前の貴三郎も同じ想いをしたのであろう。

ふッとあたりを見廻している。

――やはり空耳ではなかったか。

小首を傾《かし》げた時、

「まずまず、お頼み申す……」

再び件《くだん》の声が栄三郎の耳に届いた。

「はて……」

栄三郎は怪訝《けげん》な表情で貴三郎を見た。

「今、誰かの声が聞こえたような……」

しかし貴三郎はこともなげに、

「ああ、今のは助十爺《すけじゆうじい》さんでござりましょう」

まるで気にも留めずに応えたものだ。

助十爺さんというのは、古くから永井家に仕《つか》える老爺《ろうや》で、何かというと大きな声で独《ひと》り言《ご》ちながら庭先を歩く癖があるのだという。

「定めてその渡り廊下の向こうを、ぶつぶつと言いながら通り過ぎたのかと」

「ほう……。左様《さよう》でござるか。また幽霊が出たのかと思いましたよ……」

栄三郎は勘違いかと、少しおどけてみせた。

「はッ、はッ、はッ、某も前にそのように思ったことがござりました。何と申して、助十爺さんの声はえも言われず不気味でござるゆえに……」

貴三郎は愉快に笑った。

二人はそれから、互いに今まで一度も幽霊を見たことはないが、一度くらい会ってみたいものだと楽しげに言葉を交わして別れた。

栄三郎は永井邸を出て京橋水谷町へと戻ると、その夜は又平を連れて行きつけの居酒屋〝そめじ〟へ出かけ、今度は女将《おかみ》のお染相手に怪談話に華《はな》を咲かせた。

見世物小屋で育った又平は、思いの外《ほか》怖い話や因果話に詳しく、

「又公《またこう》、怖がらせるんじゃあないよ！」

お染を何度か怒らせた。

「さて、この世に幽霊が出てくることなんてほんとうにあるのかねえ……」

あんなものは作り話だとお染は言って、

「いや、あったっておかしくはねえだろうよ」

と言う又平と言い争いになったのだが、

「まあ、どっちでも好いが、死んじまった人にもう一度会ってみてえってことはない

かい」

栄三郎の言葉には、お染も頷《うなず》くしかなかった。

「そう思うと、幽霊は怖《こえ》えものばかりじゃあねえから、いたらいたで好いもんだとおれは思うがなあ」

結局はそんなところに収まって夏の夜は過ぎ、その翌日からはすっかりと幽霊の話など忘れたまま数日が過ぎた。

ところが、永井家用人・深尾又五郎から思いもかけぬ報《しら》せが舞い込んだ。

永井家屋敷に幽霊が出たというのだ――。


その夜も更《ふ》け、永井勘解由が中奥の自室から奥の寝所へと入った時のこと。

奥女中が廊下の掛行灯《かけあんどん》の灯を確かめに巡廻していると、庭の欅《けやき》の木の下にぼうっと人影が浮かんだのだという。

髪はざんばらで、白い着物を着ていて、その表情はよくわからなかったが、青白い顔は血塗られていて、恨《うら》めしそうで、

「我は土原東二郎《つちはらとうじろう》……。我が恨みを何卒《なにとぞ》晴らしてくだされい……」

と震える声で語りかけた。

奥女中が驚き戦《おのの》いて悲鳴をあげ、椎名貴三郎以下永井家の家士が駆け付けたところ、幽霊は欅の木の上に浮かぶようにその身を移し、たちまち消え去ったという。

こうなると、助十爺さんの独り言ではすまされない。

屋敷内は騒然となった。

その幽霊を見たという奥女中は決して幻ではなかったと言ったし、駆け付けた家士達も暗闇《くらやみ》にぼうっと浮かぶ白いものを目撃していたのである。

当主・勘解由は報せを受けて、

「左様か、それは惜しいことをした。身共《みども》も一度幽霊を見てみたかったものよ……」

ニヤリと笑った。

そして、婿《むこ》養子である房之助が、

「まさか、幽霊などというものが真《まこと》にいるとは思えませぬ」

と、顔を曇《くも》らせるのへ、

「幽霊でのうては、当家の屋敷内に現れることなど叶《かな》うまい」

厳しい目を向けたのだ。

その場には用人・深尾又五郎、椎名貴三郎など主《おも》だった家来達が同席していたが、この勘解由の言葉に皆色を失った。

松田新兵衛、秋月栄三郎に家中一同武芸を習い、泰平に慣れ軟弱極《きわ》まりない世の武家の中にあっても、志《こころざし》を失わないのが誇りの永井家であった。それが易々《やすやす》と何者かの侵入を許したとなれば、過信と驕《おご》りが招いた大失態としか言いようがない。

それゆえ、幽霊に違いないと言う勘解由の言葉には重い響きと戒《いまし》めがあった。

とはいえ――。

俄《にわか》に現れた幽霊の正体が曲者《くせもの》であるとも確かに言い難かった。

文化《ぶんか》（一八〇四～一八年）の時代には、まだ霊的なものへの信仰は厚く、人の魂《たましい》が浮かばれずに世をさまようということを信じる者も多かった。

奥女中の話では、幽霊は己がことを〝土原東二郎〟と名乗ったという。

この名を尋ねるに、土原東二郎という武士は実在していたのである。

しかも、悲惨な最期《さいご》を遂《と》げている。

彼は深川六間堀《ろっけんぼり》に屋敷を構える小身《しょうしん》の旗本であったのだが、算学に非凡な才があるのを認められ、小普請《こぶしん》から勘定奉行配下の勘定衆に登用された。

しかし、元々癇癖《かんぺき》であまり人交わりが得意ではなかったようで、寄合の酒席の帰り、緊張と、酒に弱い身が無理に飲まされたことも重なり、供連れの家士の言動に腹を立てこれを手討ちにした。

家士はその非情に腹を立て、最後の力を振り絞《しぼ》って土原東二郎に手向かい、彼の腹を刀で刺した。

この不手際《ふてぎわ》により土原家は改易《かいえき》となった。

情報通の深尾又五郎は、そういえばそのような事件があったことを思い出し、すぐに詳細を調べたのだが、

「確かに土原東二郎は死にきれなんだのやもしれぬが、己が不心得が招いたこと。化けて出るにしても何ゆえに当家に……」

気持ち悪さを覚えながら首を傾げた。

これに房之助は、

「当家に化けて出たとすれば、お殿様が情け深いお方であると知っていたゆえでござろう……」

と、思いを巡らせた。

永井勘解由は人徳者で通っていたし、かつては土原東二郎が勤めた勘定方の長である、勘定奉行を務めていたことがあったからだ。

一時は体調を崩し致仕《ちし》したが、勘解由が持つ財政への理念を尊《たっと》び、教えを乞《こ》う役人は多く、依然公儀にその存在を示していた。

そんな人物であるがゆえに、土原東二郎が畏敬《いけい》の念を抱いていたとて不思議ではない。

すなわち、土原の死にはそれなりの理由があり、

「我が恨みを何卒晴らしてくだされい……」

とばかりに、永井邸に化けて出たのではないかと房之助は言うのだ。

「とは申しましても、その土原東二郎というお方が真に亡霊となって出てきたのであれば、何も庭先へ出て奥女中に語りかけずとも、お殿様の御前《おまえ》にいきなり出て参られたらよろしゅうございますのに……」

房之助の姉・萩江はというと、このような疑問を投げかけた。そしてそれは多分に的《まと》を射ているように思われた。

慎《つつし》み深い幽霊とていのかもしれないが、庭先に現れたというのは、すぐにまた塀《へい》を越えて逃げ出せるように、警護厳しき勘解由の前に忍び込むのを避けたからであるとも思える。

とりあえず、先頃事件を起こして死んだ土原東二郎の亡霊が出たことなど外に知れると、あらぬ噂《うわさ》を呼ぶ可能性もある。家中の者には口止めをした上で、深尾又五郎はいざという時のためにと、松田新兵衛、そして秋月栄三郎を屋敷へ呼んだ。

二人の力と知恵が、何よりも欲しかったのである。

二

「わざわざ幽霊騒ぎなどを起こしてから忍び込む曲者もあるまいて……」

深尾又五郎からの連絡を受けた時、栄三郎は松田新兵衛と語らい、そう断じた。

「騒ぎを起こせば警護は厳重になるであろうし、これが幽霊ではなく曲者であったとすれば、奥女中達が怖がる姿を見て喜ぶ物好きなのか、それとも……」

「それとも……、何だ……」

新兵衛は硬い表情を浮かべて問うた。

「いや、やはりほんとうに土原東二郎の亡霊なのかもしれぬぞ……」

栄三郎はことさらに深刻な表情で言った。

「馬鹿な……」

新兵衛はさらに表情を強張《こわば》らせたが、

「考えてもみろ。旗本三千石のお屋敷に、騒ぎを起こすために忍び込む馬鹿がいるか……」

警護の侍とていない貧乏旗本ならばいざ知らず、永井家の屋敷となれば話は別だと栄三郎に言われて、

「う〜む……」

と考え込んだ。

「だが、永井様には恩義がある。すぐにでも駆け付け、しばらくは寝ずの番を務めようではないか」

「そうだな……」

相変わらず新兵衛は渋い表情である。栄三郎はその様子にニヤリと笑って、

「新兵衛、お前まさか……。幽霊が怖いのではないだろうな！」

「お、大きな声を出すな……！」

「何ならおれ一人で行ってこようか」

「たわけたことを言うな。幽霊など何するものぞ。我が剣の威徳にて、きっと鎮《しず》めてみせる」

新兵衛は怒ったような表情となり宙を睨《にら》んだ。

「うむ、それでこそ新兵衛だ。永井様も皆、お前の腕を頼りに思っているのだからな……」

栄三郎は大仰《おおぎよう》に頷いてみせたが、心の内ではおかしくて笑いを堪《こら》えていた。

栄三郎は知っていたのである。

剣を取れば鬼神のごとき新兵衛が、人には言わねど幽霊、物の怪《もののけ》の類《たぐい》が大の苦手であることを——。


深尾又五郎からの文《ふみ》が届いた翌日。

栄三郎は新兵衛と共に永井邸へと赴《おもむ》いた。

供に又平を連れていったので、〝手習い道場〟の方は、田辺屋宗右衛門の娘・お咲《さき》に数日預けることにした。

聡明にして、新生岸裏道場では師範代の松田新兵衛の薫陶《くんとう》を受け、男にも引けは取らぬ腕へと成長を遂げているお咲のことである。

子供達を預けるには真に相応《ふさわ》しい。

永井邸の変事については真相を伝えなかったが、お咲は栄三郎と新兵衛が永井邸に数日詰めると聞いて、これは何かある、自分も行ってみたいという素振《そぶ》りを見せた。

好奇心旺盛《おうせい》なのは相変わらずであるが、お咲も二十歳《はたち》を過ぎ、成熟した女の慎み深さも備わってきたようで深くは問わなかった。

依然として新兵衛は、彼を恋い慕うお咲の想いを知りつつも、明日をも知れぬ剣客《けんかく》の生き方を進む身に妻は不要であると、一定の距離を取り続けている。

何かのきっかけでこの距離が一気に近づき、明日をも知れぬ道を行くばかりが剣客でもあるまいと、新兵衛に思い知らせることはできないか——自分にとって剣の弟子であるお咲のために栄三郎は日々考えているのだが、今度の一件がそのきっかけにはなりそうもないようだ。

新兵衛はというと、そのような剣友の想いを知るや知らずや、栄三郎に真の怨霊《おんりよう》が出たのかもしれぬと脅されて、いつになく余裕のない様子で永井邸へと入ったのである。

「これは忝《かたじけな》い……」

その夕、永井勘解由は自ら出て、栄三郎、新兵衛に又平までも酒肴《しゆこう》でもてなしてくれた。

「下らぬ幽霊騒ぎに付き合わせて真に申し訳ないが、松田先生がいるだけで家中の者の士気が高まる上に、秋月先生にはあれこれ知恵を借りとうてな……」

家中の騒ぎを他所《よそ》に、勘解由は何やら楽しそうであった。

かつては体調を崩し、勘定奉行という激務から身を引いた勘解由であったが、近頃では血行も好く、老いたりとはいえ精悍《せいかん》さを取り戻しつつあった。

「いえ、御家の大事をお打ち明けくださり、真にもって武士の誉《ほま》れと存じております」

新兵衛は折目正しく盃《さかずき》を受けた。日頃であれば、

「いざという時に後《おく》れを取ってはなりませぬゆえ……」

などと言って盃を固辞する男が、さすがに今日は緊張しているのであろう。栄三郎はそれがおかしくて、ますます新兵衛という男が好きになった。

夏の宵《よい》もようやく暮れてきて、外は闇に包まれていく。

「わたくしのような者の知恵でよろしゅうござりますれば、何なりとお申し付けくださりませ。それにしてもお殿様、幽霊に化けて出られるとは、真に迷惑なことでござりまするな……」

栄三郎はにこやかに応えて盃を受けた。

屋敷に幽霊が出たことを内々の祭のようにして楽しんでいる勘解由の物好きが、祭好きの栄三郎には嬉《うれ》しかったのだ。

「いやいや、幽霊であろうと妖怪であろうと、この永井勘解由を男と見込んで化けて出てきたのじゃ。これには応えてやらねばなるまい」

勘解由は思った通りに話に乗ってくれた栄三郎に満足して、ますます上機嫌となった。

「お殿様におかれましては、土原東二郎の死は浮かばれぬものであったと……」

栄三郎は続けた。

「身共はそう思う……」

勘解由の表情に凜《りん》とした鋭さが浮かんだ。

「土原東二郎という算学に秀《ひい》でた男がいるというのは、以前より耳に入っておった。それゆえ彼《か》の者が酒に心を乱して死んだと聞いた折は、真に残念な想いをしたものだ。だが、身共は勘定方には顔が利《き》くゆえ、あれこれ又五郎を動かして調べてみたところ……」

勘解由はそう言うと、隅に控える用人・深尾又五郎に目を遣《や》った。

又五郎は畏《かしこ》まって後を続けた。

「確かに土原様は癇の強いお方で、酒はあまり飲めなんだとのことでござったが、供連れの若党を癇癪《かんしゃく》を起こして斬り捨てるような真似《まね》をするとはまったくもって信じられぬと、土原様をよく知る方々《かたがた》は皆一様にそう申されます」

「だが、土原様は家来を斬り、その思わぬ反撃によって共に命を落とした……。二人が争う様子を見た者は……？」

栄三郎が問う。

「確《しか》とは見ておらぬが、土原様が何者かを叱《しか》りつけている声が聞こえたので駆け付けてみると、土原様と結城《ゆうき》某《なにがし》が相討ちに倒れていたと申されるお方がいたのでござる」

それは、松藤惣兵衛《まつふじそうべえ》、沼田伊織《ぬまたいおり》、神尾伊賀之助《かみおいがのすけ》の三人で、何《いず》れも小普請組の旗本であったという。

三人は土原東二郎と親交が深く、小普請から出て見事役付きとなった土原を祝おうとして集まり、土原が寄合から退出する頃を見はからって迎えに行ったところ惨事に遭遇したと話した。

松藤、沼田、神尾が、土原と昔から付き合いがあることは周知の事実であったし、小身とはいえ直参《じきさん》旗本三人が口を揃《そろ》えてその由《よし》を話したので、土原東二郎も役に就《つ》いた重圧と疲労に気うつを病み、思わず癇癪を起こしてしまったのであろうと断じられたのである。

「そのお旗本の方々は、何ゆえ寄合がある日に祝いの席を設けようとなされたのでしょう」

栄三郎はさらに問う。

「昔馴染《なじ》みの自分達の他は、あまり人交わりができぬ土原様ゆえに、寄合の後に会って悩みを聞き、励まそうとなされたとか」

「寄合の席の近くに、また一席を設けて……」

「いかにも」

「方々は供連れではなかったのですか」

「仲間内のこととて、微行《びこう》で出たそうでござるな」

「ほう……。何やら解せませぬな……」

栄三郎は思い入れあって俯《うつむ》き加減に言った。

勘解由は大きく頷いて、

「左様……。どうも解せぬ。土原東二郎にも化けて出たくなる理由があるような気がしてのう……」

盃を干すと、口許《くちもと》を綻《ほころ》ばせて栄三郎を見た。

その後、栄三郎、新兵衛、又平は、土原東二郎を名乗る幽霊が出たという屋敷の庭へと出てみた。

そこに警備の家士の姿はなく、案内する椎名貴三郎は沈痛な面持《おもも》ちであった。

「某が駆け付けた時には、白い影法師がこの大樹の上の方に姿を移しておりました。それで、何の手がかりも摑《つか》めぬまま、白い影法師には逃げられてしまったというわけで……」

「貴三郎殿はそれをお気にされているようだが、亡霊が相手となれば如何《いかん》ともしがたきこと、あまり気になさらぬように……」

慰《なぐさ》める栄三郎の隣《となり》で、新兵衛は何も言わずに相槌《あいづち》を打ったが、その刹那《せつな》こめかみをぴくりと震わせた。

「殿は、おぬしらごときの剣の威徳では幽霊、怨霊、物の怪の類を封じ込めることもできまい、とりたてて厳重な警護をすることもないと仰《おお》せでござりまして……」

やはり貴三郎の表情は晴れない。

そこは物寂しい庭の一隅で、霊が出るには真に相応しいところなのであるが、

「身共は幽霊にもう一度出てきてもらいたい。物々しい武士達がいては出にくかろう。そのあたりは何もなかったかのように構うではないぞ……」

勘解由はそう言って、かえって警備を緩《ゆる》やかにしておくように命じたのである。

そんなことを言われたとて、放っておくわけにはいかぬ貴三郎であった。それが悪霊で、勘解由を襲わぬとも限らない。己が剣の威徳では太刀《たち》打ちできぬとて、ただ手

をこまねいているのは武士の恥辱ではないか――。

「余のことならば、松田新兵衛先生が傍《そば》にいてくれるゆえ大事ない」

それでも勘解由は物々しい警備を許さなかったのである。

「とにかく、まずここを検分するといたしましょうか。その前に、ちと厠《かわや》に行っておきたいのだが」

栄三郎は欅の大樹とその周辺を見廻りながら貴三郎に問うた。

「ああ、あっしもお供させてもらってよろしゅうございますか」

又平も下腹のあたりを軽く押さえて頭を下げた。

「ならばご案内仕《つかまつ》りましょう」

頷く貴三郎に、栄三郎は又平と共に付き従って、

「新兵衛、すぐに戻るゆえ、待っていてくれ」

にこやかに声をかけた。

新兵衛は再びこめかみをぴくりとさせて、

「待て、おれも行く……」

と、一人残されることを嫌がって厠に付き合った。

――何が、我が剣の威徳で怨霊など鎮めてみせる、だよ。

栄三郎は含み笑いで剣友の肩を叩《たた》き、

「新兵衛、怖がる奴があるかよ。今宵はまず幽霊、物の怪の類について語り合おうではないか」

ニヤリと笑った。

栄三郎の真意が呑《の》み込めず、何か強がりを言おうとして新兵衛は口をもごもごとさせた。

又平と貴三郎は二人の様子をきょとんとして眺めていたが、その刹那、大樹の上で息を潜《ひそ》めていた夜鳥が羽ばたき、ドキッとして首を竦《すく》めた。

三

それから――。

秋月栄三郎、松田新兵衛、又平が永井邸へ入って二日後の夜。

永井勘解由の願い通りに、あの土原東二郎の亡霊が現れた。

これを見つけたのは椎名貴三郎であった。

いつもの夜廻りをしている最中に、ぼうっと浮かぶ白い影を認めたのだ。

空には無数の星が出ていて、その光が件の欅の大樹の下に出た亡霊の姿を妖《あや》しく照らしていた。

貴三郎が驚いてこれを見つめると、あの日と同じく髪はざんばらの血染めの顔で、

「我は土原東二郎……。我が恨みを何卒晴らしてくだされい……」

と、声を震わせた。

「土原東二郎様……！　ならばまず、お聞かせ願いとうござる！」

貴三郎はこれに大声で呼びかけた。

すると、土原の亡霊はたちまち大樹の上へと登りゆき、貴三郎を見下ろした。

その動きは人間のものとも思えぬ、まさに霊体の動きと思われた。

「恨みとは何事でござる！」

これに、貴三郎はさらに問うた。

庭には永井家中の者が集まり始めた。

「身共は友に殺されたのでござる……」

土原の亡霊はそれだけを言い捨てて、身を翻《ひるがえ》した。

ところがその時、別の二つの影が勢いよく大樹の上へと殺到した。

――大したもんだ。

庭へ出て、下からこれを見上げていた秋月栄三郎は感じ入った。

二つの影は又平と、奥女中のおかるである。又平の身の軽さは言うまでもないが、おかるは永井家の知行所である相模中久保村《さがみなかくぼ》の生まれで、その山猿のような身の軽さをもって追手をかわし、村の変事を永井邸へと報せたことで、奥向きに仕えるにいった娘である。

その折、おかるを助けたのが又平と彼の相棒の駒吉であったから、おかる、又平の息は合っている。

このようなこともあろうかと、永井邸へ入るに当たって、栄三郎は又平を連れてきたのであるが、見事にそれが功を奏した。

おかるも又平も栄三郎に武芸を習っている。

高みに身を移すと、欅の大樹から屋敷の塀へと飛び移らんとする土原東二郎の亡霊に、手にした小振りの竹棒で打ちかかった。

「うわッ……！」

土原の亡霊は、実に人らしい声を発したかと思うと大樹の上から下へと落ち、

「うむッ……」

悶絶《もんぜつ》した。

空中で打ちかかった又平とおかるは、両手で竹棒を握ったために同じく落下したが、その身はあらかじめ木に結《ゆわ》えてあった黒い細紐《ほそひも》を命綱としていて寸前で宙に浮き、ぶらりぶらりと揺れていた。

永井勘解由と秋月栄三郎の想いは同じであった。

土原東二郎の亡霊の正体は十中八九《じっちゅうはっく》、土原の縁者が化けたものであると見た。勘解由にも栄三郎にも、信仰心や目に見えぬ物に対する憧憬《しょうけい》や畏怖《いふ》はある。いや、むしろ普通の人以上に持っている。

しかし、勘解由は勘定奉行という至極《しごく》現実と向き合う職務をこなし、栄三郎は〝取次屋〟として事件の裏に渦巻《うずま》く人間模様に触れてきた。

そこで培《つちか》われた勘が、亡霊の正体は土原東二郎の死に疑念を抱く身内の仕業《しわざ》であると即座に断定していたのである。

当初、二人共に亡霊であることを否定しなかったのは、それぞれ、松田新兵衛の幽霊嫌いを少しばかりからかってやりたかったのと、永井家家中の油断を戒める意味合いが含まれていたのだ。

土原東二郎の亡霊に扮《ふん》した者は、誰も取り上げてくれない土原の死の疑惑を、或《ある》いは永井勘解由なら受け止めてくれるのではないか、と考えた。しかし、亡霊に扮してお屋敷に忍び込んだことがわかれば自分の命が危ない。

それゆえ、見事に忍び込んだものの、初日は言いたいことも言えずに、緊張に負けてすぐに退散した。

だがその後、屋敷の様子を窺《うかが》うに、物々しく騒ぎ立てる気配もない。それならばもう一度化けて出て、今度はもう少し突っ込んだところの話をしてやろうと、再び忍び込んだのであろう。

勘解由はこ奴が再び忍び込みやすい環境を作り、出たところで捕らえ、意図を質《ただ》してみたかった。

栄三郎達が来た翌日。亡霊騒ぎに取り乱す家中の者に、勘解由はその意図をしっかりと伝え、亡霊捕獲を命じたのである。

大樹の上から落ちて気を失った土原東二郎の亡霊であったが、元来身のこなしが巧《たく》みであったのであろう、上手に体をかわして落ちたことで軽い怪我《けが》で済んだ。

気がついたところで、勘解由は表の武芸場にて自らが亡霊の詮議《せんぎ》に当たった。

その場には、養子である房之助に深尾又五郎、椎名貴三郎といった側近の家来に加えて、栄三郎、新兵衛、又平も同席を許された。

「旗本屋敷に忍び込んでの幽霊騒ぎ。斯様《かよう》な酔狂を命がけでいたすには深い理由があると見た。そちの命を取るつもりはないゆえ、まずその理由を申すがよい……」

勘解由の情に溢《あふ》れた言葉に、土原の亡霊は目に涙を浮かべて、

「お許しくださりませ……。お許しなされてくださりませ……。こんなことでもしねえと、あっしの言うことなど誰も聞いてくれねえと思ったのでございます……」

床に頭をこすりつけて非礼を詫《わ》びた。

髪はざんばら、白い着物姿で顔には血糊《ちのり》をつけた顔が夜明けの武芸場に明らかとなり、その姿でべそをかく様子が何とも間抜けていておかしく、勘解由は愉快に笑った。

一同はこれにつられて笑い、武芸場の中が陽光の輝きと共に明るくなった。

栄三郎は、永井勘解由がこれほどまでに明るい人であったかと、嬉しくて堪《たま》らなくなってきた。

「何もかも申し上げますでございます。あっしは土原様のお屋敷に奉公をいたしておりました麦太《むぎた》と申します……」

亡霊の正体は、勘定衆・土原東二郎の下で中間をしていた麦太という男であった。

歳《とし》は三十で、元は鳶《とび》の者であったという。若い頃は喧嘩《けんか》っ早く、人に怪我を負わし

て袋叩きに遭《あ》ったところを土原に助けられ、以後は中間として仕えたという。

「おやさしいお殿様でございました……」

麦太は在《あ》りし日の土原東二郎の姿を思い浮かべて、また涙した。

「世間には、お殿様は癇癪持ちだとか言い立てる者がおりますがとんでもねえ……。お殿様は曲がったことが嫌《きれ》えで、好いものは好いが、悪いものは悪いとはっきり仰《おっしゃ》るので、そのように見えただけのことでございます。そもそもそんな噂を立てる奴らは、お殿様の学問の才を妬《ねた》んでいるのでございましょう……」

そこまで言うと、麦太は口惜《くや》しさが込み上げてきたのであろうか、ぐっと唇を噛《か》んだ。

「その妬んでいた者に心当たりがあるのじゃな……」

勘解由が問うた。

「それは……」

麦太は口ごもったが、

「構わぬ、そちの思うままを話せば好い。悪いようにはいたさぬぞ。心当たりがあるのじゃな」

勘解由はやさしい口調でなおも問うた。

麦太は姿勢を正して決意を見せた。

「申し上げます。松藤惣兵衛、沼田伊織、神尾伊賀之助……。この三人でございます」

そしてきっぱりと言った。

「はて、この三名の者は、土原殿の昔馴染みではなかったか」

「仰せの通りで……」

「昵懇《じっこん》の間ではなかったか」

「お殿様はかねがね、この三名は学問所も剣術の稽古場も同じで、会えば言葉も交わす仲ではあるが、どうも好きになれぬと仰せでございました」

「ほう……。おぬしは直《じか》に聞いたのか」

「いえ、結城様からお聞きしました」

「結城と申すは、土原殿と相討ちに倒れたという……」

「そのように決めつけられましたが、結城様はたとえお手討ちにされようと、お殿様に手向かうようなお方ではございません」

結城平四郎《へいしろう》は土原の腹心で、だからこそ三人の旗本についての想いなどを、彼の前では洩《も》らしたのだと麦太は言う。

結城は土原の想いを己が胸の内にだけ受け止めていたが、

「麦太、お前は殿のお気に入りであるからお前に話す分にはよいだろう」

ある日、興奮気味に語った。

土原東二郎が件の三旗本を深川十万坪《じゅうまんつぼ》に呼び出し、ことごとく豪快に投げとばしたというのだ。

土原とは昵懇の間であると世間に触れて回ったのは松藤、沼田、神尾の三人の方なのだが、それは土原が小普請から勘定として登用されてからのことであった。

算学の成績優秀である土原は上役から目をかけられ、世情に通じ諸色《しょしき》などの実態を把握するためにと、十両の経費を給された。

勘定は関内十両、関外十五両の物書料、所謂《いわゆる》出張費も与えられるが、世情に通ずるようにと特別に十両を渡されるとは、いかに土原に期待がかかっていたかが知れる。

だが、そういう噂をどこから聞きつけてきたのか、件の三旗本が、

「土原、やはり御役付きはありがたいものだな。世情に通じるにはまず盛り場に出ることだ。おれ達が供をいたそう……」

などと言って、体《てい》よくこの十両をたかりに来た。

元より土原東二郎は潔癖で融通《ゆうずう》の利かぬ男であるから、当然のごとくこれを即座に

はねつけた。

三人は卑《いや》しくも土原を逆恨みして、彼が癇癪持ちで酒乱であるなどと、陰で喧伝《けんでん》した。

土原はそれを聞き流せる男ではなかった。

密《ひそ》かに三人を呼び出し、問い質したところ、

「それがどうした」

「ふん、勘定になったからといっていい気になるなよ」

「友達甲斐《がい》のない奴め。喧嘩なら買ってやるぞ」

かえって罵《ののし》られ、それならば相手になってやると三人相手に投げとばしたのだ。

「ふッ、ふッ、それでおれも胸のつかえがすっかりと取れたのだ……」

結城平四郎は側《そば》近くに仕えていたので、松藤、沼田、神尾の横暴をかねてから目にしていた。それだけに快哉《かいさい》を叫び、誰かに話さねばいられなかったのである。

「さすがはお殿様でござりますな」

その時は共に大喜びをした麦太であったが、何か起こらねばよいものをと、一抹《いちまつ》の不安が頭を過《よぎ》ったという。

「なるほど、そのようなことがあった後、土原殿はその結城平四郎と相果てたか

……」

　勘解由は嘆息した。

　その場にいる者は一様に麦太の無念を想い、胸を熱くしていた。

「お殿様は、気に入らぬ奴らとて恥をさらしてやることもあるまいと、三名をやり込めたことについては何も仰せになりませんでした。だが、それが災いしたのでございます……」

　麦太は声を振り絞った。

　何も語らずにいたゆえに、世間は松藤、沼田、神尾と土原は昵懇の仲であると捉《とら》えたし、今となって思えば、土原東二郎は癇癖が強く、酒乱の気があったとされたのである。

　件の旗本三人は、土原家が何とかして再興叶わぬか動いているというから、世間はますます三人を好意的に見るようになった。

　だが、土原東二郎は晩婚でまだ子はなく、兄弟とてない。そもそも再興など無理な話であるのだから、そんな動きも形だけのものでしかないのだ。

「お殿様がお役に就いたことを祝おうなどと、あの三人がするはずはございません。お殿様が相討ちに倒れたところに出くわしたのは他でもねえ……。あの三人が、結城様共々騙《だま》し討ちにしたのに違《ちげ》えねえんで……。違えねえんでございます……」

麦太の顔の血糊が、またも涙でぐちゃぐちゃに広がって、彼を赤鬼のようにした。

武芸場に漂っていたおかしみが、今はすっかり哀しみに変わっていた。

又平などはしゃくりあげながら、

「あっしも旦那《だんな》がこんな目にお遭いなすったら、化けて出ますよ……」

と、呟いた。

「馬鹿、おれを殺すんじゃあねえや……」

小声でそれを窘《たしな》めながら、栄三郎はこの後の展開を読んでいた。

「だからと言って、あっしのような者が何を言いたてたって誰も相手にしてくれねえ……。それであっしは思い出したんでございます。こちらのお殿様がお情け深い大したお方だと、うちのお殿様がよく仰っていなさったことを……」

「そのようなことを土原殿が……」

勘解由は会ったこともない土原東二郎の想いを聞いて、胸を熱くした。

「うそじゃあございません。お殿様は永井様にいつかお会いして、勘定方の心得などをお訊《き》きしたいと日頃お屋敷で仰っていました。それを傍《はた》で聞いておりましたからこそ、こちらのお屋敷に忍び込んだのでございます……」

忍び込んだ後も、永井邸はとりたてて警備を厳しくする様子もない。これは永井勘解由の度量の大きさゆえのことで、幽霊を見たなどとは悪い夢でも見たのであろうと打ち捨てているのか、今度また入れるものなら忍び込んでみろという意思表示なのか——。

いずれにせよ、前回は肝心《かんじん》なことを言えぬまま退散してしまったので、

「厚かましいとは存じながら、こうしてまた亡霊の姿をして忍び込んだのでございます。どうか……、どうか土原東二郎様のご無念を晴らしてさし上げてくださりませ。お願《ねが》えでございます……」

再び麦太が床に頭をすりつけるのを見て、

「わかった。ようわかったぞ。任せておけ……」

勘解由はやさしい言葉をかけてやった。

「へ……」

麦太は驚いて顔を上げた。

「そちのような忠義者を家来に持つ土原東二郎殿はさぞや好い男であったと偲《しの》ばれる。そちがしたことは怪《け》しからぬことではあるが、主《あるじ》を思うあまりに命をかけてしたのだ、武士の情けで罪は問わぬ。いや、我らに油断があったと知れたはむしろ幸い

「……」

「お、お殿様……」

「義を見てせざるは勇なきなりじゃ。必ず土原殿の無念を晴らしてみせよう。だが、松藤、沼田、神尾の三名が真に土原殿を騙し討ちにしたかについては確たる証拠がない。まずそっと調べてみるゆえ、それまでは我が屋敷にいて、大人しゅうしているがよいぞ……」

「あ、ありがとうございます……」

深々と平伏する麦太を見て、勘解由は満足そうに頷くと、

「さて、栄三先生、これから先は身共の道楽じゃ。ちと付き合《お》うてくれぬかな」

今度は栄三郎を見てニヤリと笑った。

栄三郎は畏まって、

「そのことにつきましてはすでに好い策がござりまする」

不敵な笑みを浮かべたのである。

四

虫の音《ね》も息苦しく聞こえる暑い宵であった。

空には上弦の月が妖しい光を放っていた。

「まったくこう暑いと、何をする気にもならねえや……」

松藤惣兵衛は先ほどから何度もこう独り言ちては、座敷の濡《ぬ》れ縁に腰を下ろして生《なま》ぬるい酒をちびりちびりとやっていた。

妻女は子供を寝かしつけると言って奥の寝間に入ったままで、松藤を避けるかのように姿を見せない。

どうせ主人の相手をしたとて、

「おれは何ゆえこうついておらぬのであろうな……」

などという、愚痴《ぐち》とも酔いにまかせた戯《ざ》れ言《ごと》ともつかぬ話を聞かされるばかりであるからだ。

まだ歳は三十を過ぎたばかりである。何かに打ち込めば、役に就けぬ小普請暮らしから脱却できるかもしれない。

そういう望みを捨てたならば、実益に繋《つな》がる趣味や道楽を見つければ好さそうなものだが、それとても直参旗本がそんな卑しいことができるものかと、ああだこうだと言い立てて、何もやろうとはしない。

とどのつまりが、酒を飲んで一時のうさを晴らして寝てしまう。起きると昼はすぐに来て、質素な飯を食い、ぶらりと武家屋敷街をうろつき、顔馴染みに会うと何か好い話はないかと問いかける。

もちろんそんな話が転がっているわけはない。時に思わぬ金が入ったという昔馴染みに出会い、ちょっとした料理屋で酒肴にありつくこともあるが、必ずといっていいほどすごすごと屋敷に戻り、また質素な夕餉《ゆうげ》をとり、今宵のように独り濡れ縁で酒を飲むのが決まりとなる。

うさを晴らす酒といっても、たかだか百俵《ぴょう》取りの貧乏旗本の屋敷にはたっぷりと備わっているわけではない。

一日に飲める酒は、中途半端な酔いを起こさせる程度の二合《ごう》ばかりがよいところである。

深川六間堀の周りに建ち並ぶ武家屋敷には、町の酒屋も掛け売りを拒《こば》むところが多くなっている。

松藤惣兵衛の屋敷もその口で、妻女からはきつく酒量を制限されているのである。

殴《なぐ》り倒し、蹴倒《けたお》して、

「酒の支度《したく》をしろ！」

と、怒鳴りつけたいところだが、妻女の実家からの援助が松藤家を支えているとなれば強いことも言えない。

「ああ、まったくおれという男は、何ゆえこうついておらぬのであろう……」

松藤は決まり文句を独り言ちて、本日定められた残り僅《わず》かな酒の量を気にしつつ、ぐびりとやった。

庭の空を見上げると、半月の明かりを高木が遮《さえぎ》って、嫌な影を作っている。松藤家自慢の桜の木々であるが、手入れが滞《とどこお》り伸びるにまかせた枝葉が、近頃はうっとうしい。

無気力、他力本願が招いた自堕落《じだらく》な一日が今日も終わろうとしていた。

そして、松藤が最後の酒を飲み干した時であった。

ふっと見ると庭の右手の桜の木の下に、白い影が浮かんでいた。

「こ、これは……」

松藤は声を失った。その白い影は、髪はざんばら血だらけの顔に白い着物を着た、この世のものとは思えぬ男の姿であったのだ。

「懐かしや、松藤物兵衛……」

白い影は地獄の底から発するかのような苦しそうな、切ない声をたてた。

「お、おのれ、何奴……」

松藤は太刀をたぐり寄せようとするが、体が凍りついたように固まり、思うにまかせない。

「何奴とは情けなきこと……。我は土原東二郎……」

白い影は土原東二郎の亡霊であるのか——。

「お、おのれは迷うたか……」

松藤はやっとのことで太刀を手に取り、抜刀して庭へ降り立つと、さっと斬りつけた。

しかし、土原の亡霊はたちまち桜の高木の上に身を移し、すぐに見えなくなったかと思うと、

「松藤物兵衛……、我が無念を思い知れ……」

今度は背後でその呻《うめ》き声がした。

「な、何と……」

振り返ると、反対側の桜の木の下にまたも土原の亡霊が立っていた。

一瞬にしてその姿を移した亡霊の通力《つうりき》に、松藤は戦いた。

「つ、土原……、成仏《じょうぶつ》いたせ……！」

その恐怖から逃れるために、彼はひたすらに刀を振り回した。

すると、この度もまた亡霊は高木の上にひらりと身を移して姿を消したかと思うと、すぐに背後から、

「死に切れぬ……。死に切れぬぞ……」

と松藤に声を投げかける。

「ゆ、許してくれ……」

ついに松藤は泣き声をあげた。

背後の桜の高木の上に、またもや土原の亡霊が浮かんでいた。

「ゆ、許してくれ……」

松藤惣兵衛はついにその場に刀を投げ出して、へたり込んでしまった。

その刹那、亡霊の姿は消えていた。

「お殿様……。いかがなされました……」

その時になって、やっと庭に老僕と女中が怪訝な顔をしてやって来た。

直参旗本とはいえ、小禄である松藤家の奉公人は、夫婦者のこの二人しかいない。たまに支配のところに顔を出す時は老僕一人を供にすればことが足りるし、日頃出仕する場とてない上に、遊び事にすぐ浪費してしまう松藤惣兵衛は家来とて持てぬ身に成り下がっていたのだ。

これでは幽霊、物の怪の類は元より、曲者が忍び込んできたとて為《な》す術《すべ》もない。

何よりも情けないのは、主の異変にまるで関心もなく、妻女が奥に引き籠《こ》もったまま顔も見せぬことなのだが、無様《ぶざま》に抜身を投げ出して庭に座り込んでいる姿を妻に見られなかったのはむしろ幸いと言えよう。

「何もない、ちと居合の稽古をしていただけだ……」

もう、どこにも亡霊が出る気配はなかった。

松藤は老僕と女中に不機嫌に言い放つと、目で下がれと命じて刀を拾い、座敷に戻った。

「土原東二郎……」

そしてその名を呟いた時、体中が怖気《おぞけ》立った。

この怪異は松藤屋敷に止《とど》まらなかった。

少し離れたところにある、旗本・沼田伊織、神尾伊賀之助の屋敷にも、土原東二郎の亡霊が現れたのである。

沼田も神尾も禄高、屋敷の大きさ、奉公人の数に至るまで松藤と変わらなかったゆえに、家人は誰も目撃をせず、二人は怖気立ち放心した。

夜となり沼田が屋敷へ戻ると土原の亡霊が門の上に姿を見せ、すぐにまた姿を消した。慌《あわ》てふためいて門を潜《くぐ》ると、今度は玄関の上の屋根上にまた現れた。

神尾は深夜寝苦しさに目が覚めると、天井に土原の亡霊が浮かんでいた。思わず叫び声をあげると、たちまちその姿は消え、慌てて廊下へ出ると、廊下の向こうにまたすぐに亡霊が姿を現し呻き声を立て、天井裏に呑み込まれるように消えていった。

松藤の場合と同じく、亡霊は土原東二郎であると名乗り、無念の想いを告げ、通力自在にその身を方々に移しながら、すぐに姿を消したのである。

「まさか、おぬしらの屋敷にも出たとはな……」

土原の亡霊が出たなどと話せば笑われるかと思って、しばらくは屋敷に閉じ籠もり眠れぬ夜を過ごした三人であったが、やはり自分の胸にしまっておけなくなり、誰が言い出すでもなく寄り集まって、あの夜の怪異談を打ち明け合った。

すると、三人共に土原東二郎の亡霊を見たという。

「これはいったいどういう理由《わけ》だ……」

松藤が嘆息した。

三人は今屋敷の西方、大川の岸に建ち並ぶ御舟蔵《おふなぐら》の一隅に寄り集まって声を潜めている。

「おれは、奴が化けて出たのだと思う……」

松藤は憔悴《しょうすい》した顔でぽつりと言った。

「今、ここにいたかと思うと、もう背後に姿を移している。あれは人間業《わざ》ではない……」

「確かにおれもそう見た……」

沼田が相槌を打った。彼もまた土原の亡霊を見てからというもの、風にそよぐ尾花を見るとはっとして、夜鳥の鳴き声、羽ばたきに恐れ戦く日々が続いていた。

「おれ達が土原に恨まれるのは仕方がないからな……」

神尾ももっともなことだと同意するが、

「だが、この世に真、亡霊などが出るものか」

三人の中では一番学のある神尾は、感情に流されず冷静に物事を考えることができる男であった。

「だが、ないとも言い切れぬ」

「亡霊でなければあれはいったい何だと言うのだ」

松藤と沼田は声を震わせた。

「たとえば、おれ達への嫌がらせであるとか」

神尾はとにかく分析して、それが亡霊の仕業ではないと断定することで、恐怖から逃れたいようである。

「嫌がらせだと……」

松藤は落ち着きを取り戻して首を傾げた。

「土原の死について、我らを疑っている者がいるというのか」

沼田が続けた。

「まあ、疑っているからといって、旗本屋敷三軒に亡霊騒ぎを起こす者などいるとも思えぬが、我ら三人をひどく恨んでいる者がいたとて不思議ではない」

「なるほど、亡霊が出たと考えるより、その方が頷ける……」

「となると、あ奴の家の者か……」

神尾の分析に松藤と沼田も乗った。考えるうちに恐怖が薄らいできたからだ。

己が心にやましいものがあるゆえに人に語れず、目に見えぬ霊魂に悩まされ戦いてきた彼らも、三人集まると強気になり、落ち着いてくる。

そして気が落ち着いてくると、あらゆる怒りが込みあげてきた。

「だが、土原は何かと恰好《かっこう》をつける男だから、人におれ達のことを悪くは言わなかったような気がするがなあ」

松藤が吐き捨てるように言った。

「それもそうだな。おれの悪口を方々で言っていると聞いたがほんとうか、などと言って、深川の十万坪にそっと呼び出したほどだからな……」

あの時は投げとばされるという不覚を取ったが、土原東二郎はその折、

「これで何もかも水に流そう……」

男らしくそう言ったのである。それなのに、自分ら三人を恨みに思っているなどと人に語ったはずはないと沼田は言う。

「語ったとすると、妻か家来か……」

神尾はあくまで冷静に考える。

土原の妻女は現在実家に引き取られている。

「妻女が気にするようなことを、お偉い土原殿は言わぬよ」

「松藤の言う通りだ。となると家来だが、いつも供をしていた結城平四郎は死んだ。

貧乏旗本に奴の他に家来などおるまい」

沼田は唇を噛んだ。土原東二郎の側近くに仕えていた結城が、松藤、沼田、神尾が役儀によって土原へ下された十両に友達面《づら》してたかっていたことを誰かに言っていたとしても、その者が危険を冒《おか》してまで土原の仇《あだ》を討ってやろうとまで思うであろうか――。

その点については、三人共に首を傾げるしかなかった。

「だいたい、あの折にけちなことを言わずに、安酒の一杯でも振る舞っておれば、奴の男も上がったものを……」

苛立《いらだ》ちはまたも土原東二郎への自分勝手な憤《いきどお》りとなり、憎々しげに語る松藤の言葉に、神尾、沼田が大きく頷いたその時であった。

「おいおい、お前はいつになったら働くんだよう……」

「いや、明日にでも行くからちょいと待ってくれよ……」

「お前の明日は信用ならねえんだよ」

などと、一人の職人風が連れの一人を叱りつけながらやって来た。

共に三十過ぎで、職人風は腹掛股引《はらがけももひき》に印半纏《しるしばんてん》を引っかけた出立《いでた》ちで、単衣《ひとえ》を三尺《さんじやく》で結んだちょっとくだけた男を傍の辻に立ち止まらせて意見しようとする様子――。

しかし、先程からここを通り過ぎる町の者達と同じく、傍に三人の武士が険《けわ》しい表情で立ち話をしているのに気付いて、

「ヘッ、こいつはどうも……」

と愛想《あいそ》笑いをした。

職人風の連れもこれに倣《なら》ったのだが、途端に怯《おび》えた表情となり、

「と、とにかく明日はきっと顔を出すからよう。すまねえな……」

逃げるようにその場から立ち去った。

「おい！　麦太……！　まったくあの野郎……」

職人風はすっかりと呆《あき》れ顔で、

「へい、どうも……」

再び三人に愛想を使って自分もその場から立ち去ろうとしたのだが——。

松藤惣兵衛が何かに思い当たったようで、

「待て……」

職人風を呼び止めた。

「どうしたのだ……」

神尾と沼田は怪訝な表情を浮かべたが、

「何でございましょう……」

畏まる職人風に松藤は、

「今の男はお前の仕事仲間か」

穏《おだ》やかに訊《たず》ねた。

「へえ。まあ、仲間ってほどのものでもござんせんが、まったく困った奴で……」

「麦太と申したが、以前は武家屋敷に奉公をしておらなんだか」

「これはよくご存じで。確かに何れかのお旗本様のお屋敷で、中間奉公をしていたようでございます」

「そうであろう。どこかで見かけた顔じゃと思うた」

「へえ……、お武家様のような立派なお方に覚えていただくとは、麦太も果報者でございまする」

「さて、どこで見かけたものか」

「何でも、訳の悪いことがあって、ご奉公先のお殿様がお亡くなりになって、お家がお取り潰《つぶ》しになったとか……」

「左様か……。では土原殿のことかのう……」

「そういえばそのようなことを申しておりました。これがまた好いお殿様であったそうで、おれは今お仕えしているお殿様のためならいつ死んだっていい……。なんて言ってたんでございますがね。お家がなくなりゃあおまんまの食いあげでございますから、あっしが口を利いてやって植木職につけるようにしてやったというのに、まったくやる気がありゃしねえ。困った奴でございますよ」

植木職人はよく喋《しゃべ》る男であった。ここへきて、松藤はどこか見覚えのある男が、土原東二郎に仕えていた中間であったことを思い出していた。

沼田、神尾もようやく思い出して顔を見合わせた。

――なるほど、あの男が亡霊の正体かも知れぬ。

頷き合う三人の旗本の傍で、陽気な植木職人は相変わらず喋り続けていた。

五

蟬《せみ》が鳴き始めた。

夏の昼下がりの道に陽光は容赦《ようしゃ》なく照りつけ、暑さに参っている身に追い打ちをかけるようにこれがうるさく囃《はや》し立てる。

「あの家のようだな……」

着流しの微行姿に塗笠《ぬりがさ》を被《かぶ》った松藤惣兵衛が、うんざりとした表情で言った。

そこは深川の東方、亀高新田《かめたかしんでん》の外《はず》れにある百姓家である。

そもそも埋立地であるこのあたりは田地としては優れぬ土地も多いから、耕作をやめた百姓家なのであろう。表には農具ひとつ置かれておらず、まるで百姓が暮らす匂《にお》いがない。

少し離れた薄原《すすきはら》にいて、松藤は、同じく微行姿の沼田伊織、神尾伊賀之助と三人でこの百姓家を見守っている。

ここに、かつて土原東二郎に仕えていた中間・麦太が住んでいると聞きつけたのだ。

先日、御舟蔵の一隅で出会った麦太のことを、共にいた植木職人にあれこれ問うたところ、この住処《すみか》を教えてくれた。

「土原東二郎殿は好いお方であった。それがあのような不幸せなことになるとは……。あの者に何か届けさせようほどに、住まいを教えてくれぬか。驚かせてやりたいゆえに、このことは麦太とやらにはくれぐれも話さぬように頼む」

言葉巧みに聞き出し、成果を得たのである。

植木職人の話を聞くにつけ、自分達三人を脅かしたのは、麦太が化けた亡霊に違いないと思えてきた三旗本であった。

まず、麦太はかつて鳶であった頃に、大喧嘩を起こし袋叩きの目に遭ったところを土原東二郎に助けられ、諭《さと》されて中間となった。

その後は、鋳掛屋《いかけや》をして細々と暮らす麦太の二親にも土原はあれこれ気を使ってやったし、麦太は日頃土原のことを、

「お殿様のおためなら、あっしはいつ死んだって構いやしません……」

と、誰かれ構わず言っていた。

家士の結城平四郎とも実に仲が好く、互いに助け合って主に仕えていたという。

それに、注目すべきことは、麦太が鳶であったという事実である。

鳶の者なら身が軽い。家来とていない屋敷へ簡単に忍んで、あのような芸当のひとつできたとしてもおかしくないではないか。

「うむ、おれ達もいきなりのことで気が動顚《どうてん》していたゆえに、奴の身の動きを亡霊と見間違《みまちご》うたのかもしれぬな」

神尾はこう分析し、三人は何か物を届けさせるどころか、炎暑の中、自らがこんな片田舎《かたいなか》まで麦太の住処を確かめにやって来たのだ。

まったく、これほどまでに暇《ひま》な連中もいないであろう。こんな侍が一朝《いっちょう》事ある時

に、将軍の親衛隊として働けるはずもあるまい。

だがそれを問えば、役にも就けぬ小禄の武家に生まれてきたくはなかった、そもそも暇を持て余す武士を作ったのは公儀なのであるから、自分達は誰かにたかって遊んで時を潰すしかないではないか——こんな答えを言い募《つの》るのであろう。

「小名木《おなぎ》川沿いを東へ出て、初めの地蔵の角を右へ曲がったところに二本松がある。それを越えたところにある百姓家というから間違いはあるまい」

神尾が、植木職人から聞きとった上で作製した地図を広げて言った。

一見すると、巧みに木の絵、川の絵などを挿入した真にわかりやすい地図であるが、これだけの才を持ちながら、何かに生かそうとはまるで考えぬ神尾であった。

「ここで独りで暮らしておるならば、何事にも都合が好いのう」

沼田は、人気《ひとけ》のない田園地の間道に建つ小さな百姓家を見て、残忍な目を浮かべた。

しかし、中の様子を窺うに、百姓家に人影はない。

「まずあの者に問うてみよう……」

そのあたりは人気のない荒地の間道であるが、向こうの方から鍬《くわ》を担《かつ》いだ百姓の男が一人やって来るのが見えた。

松藤はあの日植木職人に声をかけた時と同じく、穏やかな表情を浮かべて、

「おお、これ、ちと物を訊ねるが……」

やさしい口調で呼び止めた。

「へえ……。何でございましょう……」

百姓男は菅笠《すげがさ》をとって恭《うやうや》しく腰を屈《かが》めた。

「このあたりに麦太という者が住んでいるはずなのだが……」

「ああ、それならばあの家でございます……」

百姓は件の家を指差した。

「やはり左様か……」

松藤は満面に笑みを浮かべて、

「いや、麦太というは我らの亡き友の奉公人であった男でな。気持ちの好い奴であったゆえに懐かしゅうてな。一度不意に訪ねて驚かせてやろうと参ったのじゃが、生憎《あいにく》留守のようじゃ」

「それはまたお情け深いことでございまするな。そのようなことなら、もし麦太殿に会《お》うたとて、お武家様方のことは申すものではございませぬ」

百姓はにこやかに応えた。

「うむ、くれぐれも頼んだぞ」

呑み込みの好い奴だと松藤は相好を崩した。

「左様でございましたか、わたしは麦太殿とはほとんど話をしたことがございません
で、あのお人がお武家様にお仕えしていたなどまったく知りませなんだ」

人の好さそうな松藤に安堵したのか、百姓の喋り口調も滑《なめ》らかになってきた。

「ならば、そちは麦太のことをようは知らぬのか……」

「へい……。時折、木登りをしているのを見かけるくらいのもので……」

「木登りを……。ふッ、ふッ、それはまた幼気《いたいけ》なことよのう」

「それが、猿のように巧みで……。何かの折には手を借りようかと思っていたくらい
でございます。ああこれは余計な話をしてしまいました、ごめんなされてくださりま
せ……」

百姓は恭しく頭を下げると立ち去った。

三人は頷き合うと、そっと麦太が暮らしているという百姓家に近づいた。

「よし、おれが見張っているから、中を探ってみてくれ」

神尾が表に立ち、松藤、沼田が中へと入った。

家の内は狭く、狭い土間の向こうに六畳ばかりの居床《いどこ》、その奥に四畳の座敷があ

る。

独り暮らしのことゆえか、調度といってほとんどなく、台所回りの物の他は、行灯と葛籠《つづら》くらいしか置かれていない。

松藤と沼田は、そっと葛籠の中を改めてみた。

「おい……。これは何だ……」

沼田が唸《うな》り声をあげた。

僅かばかりの衣類の底に白装束《しろしょうぞく》がたたまれてあった。取り出してみると、その襟《えり》元《もと》には血糊が付着している。

「やはりそうだ……。ふざけたことをしやがって……」

松藤が怒りの表情を浮かべた。

あれが土原の亡霊ではないと改めてわかった安堵が、堪らぬ怒りとなって爆発したのである。

二人は白装束を葛籠の中に元通りにして戻すと神尾を伴《ともな》って、その場から足早に立ち去った。

そしてその日も夜となった。

昼下がりには無人であった件の百姓家には明かりが灯《とも》っていた。

それへさして、忍び足でにじり寄る三人の覆面の武士の姿があった。

この三人が、松藤惣兵衛、沼田伊織、神尾伊賀之助であることは言うまでもない。

あれから三人は、清住《きよすみ》町にある〝芳香庵《ほうこうあん》〟という行きつけの蕎麦《そば》屋へ入り談合をした。

このところ、この店には付けを溜《た》めているので三人は寄りついていなかったのだが、怒りを静めるにはまず一杯やりたかった。

店の主はさすがに嫌な顔をして、付けのことなど口にしかけたが、

「邪魔をいたすぞ！」

「酒を持て！」

と、怒鳴るように言われては相手が悪い、今日もまた付けにされるのを覚悟で小座敷に通して、酒と蕎麦搔《が》きに、店の自慢の天ぷらを出したのである。

「あの下郎め……。ようも我らを侮《あなど》りよったな」

「このままではすまさぬぞ……」

松藤と沼田が歯嚙みをすると、

「奴《やっこ》は、おれ達が土原を殺したかどうかを知りたかったのだな……」

神尾が何ゆえ亡霊騒ぎを起こしたかを考察した。

「言っておくが、おれは亡霊が出たとて、土原を殺したことについて詫びたり、それを認めたりはせぬ」

松藤は強がって言った。

「おれとてそうだ……」

沼田もこれに続けたが、神尾はここでも冷静に、

「そんなことはどうでも好い。考えねばならぬのは、奴が我らを疑っているということだ。これは嫌がらせだけではすまぬかもしれぬぞ」

と、顔をしかめた。

「あのような下郎がもし訴え出たとしても、どうということもあるまい」

松藤は高を括《くく》ったが、旗本屋敷に忍び込むほどの男である。

「次は、寝込みを襲ってくるやもしれぬな」

沼田は殺気を漲《みなぎ》らせた。

「左様。あ奴めは、我らが眠れぬ日を送り疲れた頃を見はからい、再び忍び込んで寝首を掻こうなどと思っているのやもしれぬぞ……」

そして神尾の言葉に怖気立った。

「麦太めを殺してしまおう……」

三人の意見はここに一致した。

そもそも十両の金を貰いながら一銭たりとも仲間内に振る舞わず、己は役付きとなり手当を貰い出世の道を目指すとは、何たる友達甲斐のないことか。おまけに、少し蔭口を叩いただけで三人を呼び出し、怒りにまかせて投げとばすなど言語道断ではないか——。

嫉妬《しっと》と恥辱が重なり、三人は土原東二郎が寄合に出る日を調べ上げ、その帰り道を待ち伏せ、

「先だっての和解をしたい。我らの詫びを受け入れてくれ……」

と、言葉巧みに人気のない所へ連れ出して、騙し討ちに結城平四郎を斬り、土原を突き殺したのであった。

まったく見当違いな理由で二人の命を奪ったわけであるが、三人は逆恨みの末騙し討ちにしたという自覚はまるでない。

武士の情けを知らぬ不届き者に、男として意趣返しをしただけのことだとうそぶいているのである。

その締《し》め括りが麦太を殺すことであった。

「ふッ、おれ達は人を斬れぬ腰抜けではないのだ……」

亡霊が出た時は恐れ戦いた三人であったが、今は一人殺すも二人殺すも同じであるという、殺戮《さつりく》の狂気に心を冒されていた。

亡霊、物の怪の類よりも真に恐ろしきは常軌を逸した人間である。

覆面の三人はそっと百姓家に近づいて、中の様子を窺った。確かに麦太がいて、居床の真ん中で茶碗酒《ちゃわんざけ》を呷《あお》っている。

他に人影はない。

三人の旗本は家の裏手に廻り込み、互いに頷き合った。

人気のない荒地に、何とも不快な生暖かい風が吹き抜けていた。

六

「お殿様……」

家の中にいる麦太は、手にした小振りの茶碗を見て呟いた。

その茶碗は土原東二郎がくれたものである。

薄くはかなげな有田焼《ありたやき》で、彼にとっては思い出の品であった。

父親は一日中働けど貧しい暮らしが続いた子供の頃から、麦太は早くこんなけちな家を出てやろうと思っていた。

鳶になったのも、派手な暮らしを送れるのではないかと馬鹿な考えを起こしたゆえで、粋《いき》がって暮らすうちにいつしか周りの者に見限られていた。

しかし、喧嘩ばかりして少しは好い顔になった身は素直になれず、仲間内での揉《も》めごとに首を突っ込み、それをかえって大きな騒ぎにしてしまい、袋叩きの目に遭った。

そこへ通りかかったのが土原東二郎であった。

「この者をもらっていくぞ……」

土原はそう言って、なおも収まらぬ勇み肌の連中には、

「気をつけろ、おれはなかなか役に就けずに自棄《やけ》になっている。お前らを片っ端から刀にかけ、腹を切って死んでやるのも悪くない……。そんな気になっているのだ……」

と脅しつけ、供連れの結城平四郎に介添《かいぞえ》をさせて屋敷にまで連れ帰ってくれたのだ。

「どうしてあっしのような者にお情けを……」

麦太は恐る恐る問うてみた。

鼻っ柱を折られて、この先どうして生きていけば好いのかと意気消沈していた麦太にとっては、土原という旗本の厚意をどう受け止めれば好いのか戸惑《とまど》ったのである。

「さて、どうしてと問われればわからぬが、周りの者から憎まれるのを承知でお前は我を通しているように見えたが、そうではないか」

土原は逆に麦太に問い返した。

「へえ、意地を張りゃあ殴られるのはわかっておりましたが、どうもあっしはいけません。相手が嫌な野郎だとつい盾突《たて》いちまう……」

「そうであろう。その様子がおれに似ていた」

「お殿様に……」

「ああ、それゆえお前を見ていると、まずまず、身につまされたのだな」

「そんな、おれに似ていた……、などと、もったいのうございますよ」

「お前もおれも同じ人だ。人は似た者同士寄り集まるようだ。ふッ、ふッ、まあよい、まずまず、夕餉をとろうではないか、腹が減ったであろう」

土原はそう言うと、一緒に食事をとろうと勧めた。土原東二郎という男は気難しいところはあったが、奉公人達と共に同じ物を食べるのを常としていた。

「と、とんでもねえ……」

麦太はこれを固辞したが、気がつけば末席に座らされていた。

「どうだ、旗本といっても一族郎党は五人ばかり、食っているものも一汁三菜《いちじゆうさんさい》だ。遠慮せず食え……」

土原はそう言って笑ったが、麦太は緊張して腹が減っているのにがつがつとは食べられない。殴られた顔は腫《は》れ、顎《あご》が痛むのでなおさらであった。

「こら、遠慮をするなと申すに」

それを土原に笑われて、ままよと思い切り嚙んだ香の物がポリポリと、実に好い音をたてた。

「はッ、はッ、まずまず、好い音だ！」

土原は愉快に笑って、自らもポリポリと好い音をさせて香の物を食べた。

これに土原の老母も結城平四郎も奉公人達もつられて笑った。

麦太は一気に緊張が解け、そこからは飯をかき込んだ。そして腹が膨《ふく》れるにつれて涙がぽろぽろと出てきて堪らなかった。一人粋がって生きてきた身が、両親と食べた夕餉の温かさを今つくづくと思い知らされたからである。

涙で顔を赤くしながら飲んだ茶の味は格別で、真に品よく薄手に焼き上がっている

有田焼の茶碗を手にして、

「こんなに飲みやすい茶碗に、お目にかかったことはありませんや……」

と、照れ隠しをしてみせると、

「ほう、気に入ったならお前にやろう」

土原はまた愉快に笑ったものだ。

それが縁となり、麦太は土原家の中間として仕えることになった。

貧乏旗本の中間などになるものではないと土原は笑ったが、必ずやお殿様はこの先ご出世をされる。その時が来るまでは、ただ食べさせてもらいさえすれば何もいらないと、麦太は頼み込んだのだ。

それから五年が過ぎたが、その間に土原東二郎は老母を亡くし、嫁を迎え、そして麦太の言った通りに勘定方へ登用されることになる。

そして麦太はこの有田焼の茶碗で茶を飲み、水を飲み、時に酒を飲んだ。

それは麦太にとって何よりの宝物となった。

「お殿様……」

しみじみと呟いた時――。

百姓家の外では中を窺う、松藤、沼田、神尾がニヤリと笑って音もなく抜刀した。

「参るぞ……」

松藤が目で合図をして、さてこそ踏み込もうと身構えた三人に、

「この恨み……晴らさでおくべきか……」

低く唸る声が聞こえてきた。

三人は唖然《あぜん》とした。その声は麦太のものではなく、背後から聞こえてきたのだ。

「な、何と……」

振り返ると、松の木の枝の上に白い着物を着た影がいて、着物の袖《そで》とざんばら髪を風に揺らしていた。

三人は思わず松の枝を見上げたが、その刹那白い影は消え、今度は百姓家の屋根の上にその姿を現して、

「我が無念を思い知れ……」

また恨みの声を投げかけたと思うと夜の闇に姿を消した。

「こ、これはやはり……」

「迷うたか……」

松藤、沼田は悲鳴をあげた。

「お、おのれ……」

神尾がわめいた。この間に裏から抜け出たのか、麦太が三人の背後に立っていたのだ。

「よくも、お殿様を騙し討ちにしたな。この極悪人が！」

麦太はあらん限りの声で三人を罵った。

三人は目を丸くして麦太を見たが、麦太の背後の松の木の上に、またも亡霊が現れた。血塗られた顔はきっと三人を睨みつけ、大きく開いた口から真っ赤な舌を出してみせた。

「ひ、ひィ……！」

三人はもうこの状態を冷静に考える余裕はなかった。亡霊の恐怖に前後不覚となり、

「おのれ……！」

我を忘れて抜身を振り回しながら、まず亡霊の下部《しもべ》のような麦太を斬り捨てそのまま逃げようとした。

麦太は身を翻し、往還へと駆けた。

三人の旗本はそれを追ったが、

「何をいたすか！」

そこへ往還から人気のない間道に武士の一団が現れ、麦太を庇《かば》って三人の前に立ちはだかった。

「あ……」

三人はまたも目を丸くした。

どういうわけかこの田舎道に、一目《ひとめ》で大身とわかる武士が屈強の武士達を従え立っていたのである。

「狼藉《ろうぜき》者を鎮めよ！」

叫んだのは旗本三千石・永井勘解由その人で、下知《げぢ》に従い飛び出た武士達は、たちまちのうちに三人を峰打ちに倒していた。

剣の腕では比べものにならぬ武士達は、秋月栄三郎、松田新兵衛、椎名貴三郎の三名であった。

松藤惣兵衛、沼田伊織、神尾伊賀之助は、必死で起き上がろうとしつつ何か言おうとしたのだが、自分達を見下す武士達の向こうに、土原東二郎の亡霊が浮かんでいるのを見て、

「つ、土原……、ゆ、許してくれ……」

口々に絶叫した後、ばったりと倒れた。

「哀れな奴らよ……」

苦笑いを浮かべる勘解由の背後で、土原東二郎の亡霊がニヤリと笑った。

亡霊は二人いた。

取次屋の又平と、その相棒・駒吉であった。

今倒れ伏した三人の悪党共が、じっくりと二人の亡霊を見たら地団駄《じだんだ》踏んだであろう。

あの日、麦太といた植木職人こそ又平が化けたもので、通りすがりの百姓は駒吉であったからである。

二人はしてやったりの栄三郎とにこやかに頷き合うと、傍で有田焼の茶碗を抱きながら涙にくれる麦太の肩を、両脇からぽんと叩いてやった。

生暖かい風も、少しは涼を帯びてきたようだ。

七

永井勘解由が取り押さえた暴漢三人は、町方《まちかた》の手に渡り、身分が明かされた後は評定所《ひょうじょうしょ》送りとなった。

かつては勘定奉行を務めた勘解由に取り押さえられては言い逃れもできず、勘解由の目の前であらぬことを口走ったわけであるから、

「まず重罪は免《まぬが》れまい。あとのことはお上に任せ、この後は心静かに暮らすがよいぞ……」

勘解由は栄三郎と図り、土原東二郎の仇を取ってやろうとしてこれが見事に功を奏したことにご満悦で、麦太を酒宴に召し、自らが言葉をかけてやった。

「何とお礼を申し上げてよいやら……」

麦太は、永井邸で幽霊騒ぎを起こした自分のためにこれほどまでに骨を折ってくれた勘解由の情に心を打たれ、この酒宴でもずっと俯いて感じ入ってばかりいた。

「何の、そちの忠義はこの退屈な身を、随分と楽しませてくれたものよ」

勘解由は上機嫌で秋月栄三郎を見て頷いた。

永井邸の広間で開かれた酒宴には、当然のごとく栄三郎も招かれていた。さらに松田新兵衛、又平、駒吉も呼ばれ、心細い麦太を横で守《も》り立ててやっていた。

「まったく、我が君様も物好きにおなりになられた……」

用人の深尾又五郎は苦笑いを浮かべつつも、一時は激務に体調を崩した勘解由の充実ぶりが嬉しかった。

今宵の勘解由はよく喋った。

「身共はこの世に霊というものが現れ出るなどとは、今まで思うだにせなんだが、この後はちと考えを改めようかという気になった」

「はて、偽《にせ》の亡霊を放ちながら、何ゆえにそう思《おぼ》し召されたのでござりまするか……」

養子の房之助が訊ねた。

勘解由は真顔になって、

「それがな。三人の者を取り押さえたあの夜、身共はあの場に土原東二郎殿がいたような気がしたのじゃ」

一同を見廻して言った。

「またそのようなお戯《たわむ》れを……」

勘解由の娘・雪《ゆき》が少し顔をしかめた。

酒宴には萩江も、先日は又平と共に活躍したおかるも給仕を兼ねて控えているが、皆一様に女達は怖い話は好まず、少し怯えた目を勘解由に向けている。

「いや、戯れではない。確かに会《お》うたこともなかったが、土原殿がいて身共に礼を申されていたような……」

相変わらずにこりともせずこの怪異を語る勘解由に、広間の空気は重々しくなった。

「されば、又平と駒吉は、わざわざ土原様の亡霊に化けることもなかったようにございまするな……」

栄三郎が彼独特の明るい口調でこれに応えた。

「ふッ、ふッ、真にそうじゃ、恐らく土原殿の亡霊は、又平、駒吉の化けっぷりを見て、自分にはもう出る間とてないと遠慮をしてくれたのであろうよ」

勘解由は再びほのぼのとした笑みを浮かべ、一座はほっとした様子に戻ったが、先ほどから小首を傾げて考え込んでいた椎名貴三郎が少し深刻な表情で、

「ちと気になったので問うが……。麦太殿、おぬしが当屋敷に忍び込んだのは、幽霊となって現れたあの夜が、まこと初めてであったのかな……」

俄に妙なことを訊いた。

「と、申されますと……」

麦太は、きょとんとして貴三郎を見た。

「その少し前の昼下がりのことだ。秋月先生と奥から中奥へ通ずる庭で、おかしな声を聞いたのだ」

貴三郎の話に栄三郎は相槌を打って、

「ああ、そういえば、そのようなことがございましたな。だがあの声は、助十という爺殿の独り言だと申されていたのでは……」

と、あのうだるような暑い中、永井邸へ出稽古に赴いた日のことを思い出した。

すると貴三郎は顔を強張らせて、

「いやそれが、ふとあの時のことが気になって、先ほど助十爺さんに問うたところ、そのような覚えはないと申すのです」

助十は、秋月栄三郎の出稽古の日は遅くまで遣いに出ていて、屋敷にはいなかったと言うのだ。

「何と、我らが立ち話をしていたところの傍にある渡り廊下……。その裏手を爺殿がよく通る声で独り言を言って通り過ぎた……。そうではなかったと申されるのかな」

栄三郎の顔も曇った。

あの日、栄三郎は貴三郎と共に、確かに何者かが呟くような声を聞いた。

今思うとそれが今度の幽霊騒動の予兆となったのであるが、そのことについては、助十爺さんの独り言であろうということで解決されていたはずであったのだが――。

「助十爺さんは間違いないと言うのですよ。それゆえ、麦太殿があの折試しに忍び込んでまず某を驚かそうとしたのかと……」

貴三郎の声は小さくなっていく。

「いえ、わたしはそんなことはしておりません。あの夜が初めてでございます……」

麦太は恐る恐る応えた。そのような昼下がりに、まさか忍び込んだりする勇気はないと。

もっともなことである。貴三郎は問うてはみたが元よりその答えを予想していた。

それゆえに顔を強張らせていたのである。

「それはいったいどういうことだ……」

勘解由は興をそそられて、栄三郎と貴三郎を交互に見ると、やがて低い声で、

「もしかして、先生と貴三郎が聞いた声というのは、まずまず、お頼み申す……。ではなかったか……」

と、問いかけた。

栄三郎と貴三郎ははッとして、

「いかにも左様でござりました」

「はい。まずまず、お頼み申す……。でござりました」

口々に応えた。

「何と……」

一同は水を打ったように静まり返ったが、その途端に、麦太の目から大粒の涙がぽとりとこぼれ落ちた。

「麦太殿、それはお前の……」

栄三郎がしみじみとして麦太に問うた。

「はい、お殿様でございます……」

麦太はさめざめと泣いた。

「まずまず……」

というのが亡き土原東二郎の口癖であった。

「ああ、それゆえお前を見ていると、まずまず、身につまされたのだな」

「まずまず、夕餉をとろうではないか、腹が減ったであろう」

「はッ、はッ、まずまず、好い音だ！」

麦太の胸の内に、様々な在りし日の主の声が蘇《よみがえ》った。

「お殿様に違いありません……。きっと、きっとこの麦太めが何をしでかすかわからぬゆえに、まずまず、お頼み申す……と」

あとは声にならなかった。

雪、萩江、おかる……。幽霊話に顔をしかめて怖がった女達も、今は袖で目頭《めがしら》を押さえている。

「先生、やはりあの場には土原殿がいたようだ」

勘解由は思い入れたっぷりに栄三郎を見て頬笑んだ。

「はい。わたしと貴三郎殿も会《お》うていたようにござりまする」

栄三郎は恭しく応えると、俯き加減に感じ入る椎名貴三郎の姿が頬笑ましくて小さく笑った。

「世の中には色んなことがあるようにございます」

「うむ、秋月先生の言う通りじゃ。理屈で割り切れぬことがあるゆえ、この世はおもしろい……」

勘解由も笑った。幽霊嫌いの新兵衛も黙って何度も頷いている。

何と穏やかで、ほのぼのとした幽霊騒ぎであろうか。

庭から入り込む夜風が心地好い。栄三郎はその方へ向かって、ゆっくりと手を合わせた。

第四話　深川慕情

一

その男の姿を見かけた時、秋月栄三郎は何とも言えぬ気分の悪さを覚えた。

格子縞《こうしじま》の単衣《ひとえ》に三尺《さんじゃく》を締《し》め、素足にはいた雪駄《せった》をじゃらじゃらと鳴らしながら歩く様子は堅気《かたぎ》には見えぬ。顔は頬《ほお》がこけていて、薄い眉《まゆ》の下にある目はぎょろりと宙を睨《にら》んでいる。

それが炎天下の道にあって顔をしかめて歩く様子は、ちょっと不気味にさえ見える。

栄三郎はその男の顔に見覚えがあった。

昨夜、行きつけの居酒屋〝そめじ〟を出る時にすれ違ったのだ。

どうも見た目が気に入らない奴であったので、すこし歩いてから、ふっと振り返ると、男は店の前で女将《おかみ》のお染と何やら話していた。

栄三郎には遠目にもお染が動揺しているように見えたので、すぐに路地へと入り、物陰から二人の様子を窺《うかが》った。

放っておけば好いことなのだが〝取次屋〟などをしていると、人相風体《ふうてい》の怪しい者を見かけると気にかかる。しかも、その奴が仲間内のお染と話しているとなるとなおさらだ。

おまけに昨夜から、栄三郎の乾分《こぶん》で大のお染嫌いの又平は、夏風邪《かぜ》をひいて〝手習い道場〟の二階の部屋で寝ていたから、

「旦那《だんな》、放っときゃあいいんですよ……」

などと言って、栄三郎の袖《そで》を引くこともなかったのである。

お染の表情は何やら浮かないが、僅《わず》かばかり話しただけで、男は店へも入らずに去っていった。

――まあ好いか。

居酒屋などを営《いとな》んでいると、おかしな奴が小遣《こづか》い稼《かせ》ぎにあれこれ言い募《つの》ってきたりもする。

元は深川辰巳《たつみ》の売れっ子芸者であったお染のことである。そのあたりの処理などお手のものだろう――。

その時はあまり気にもせずに家へと戻ったのであるが、今日になってまだ気分すぐれぬ又平を残して、手習いも休みのこととてぶらりと中食《ちゆうじき》をとりに出たところ、〝そめじ〟は閉まっていた。

朝と昼はお染の気儘《きまま》で店を開けるのであるが、昨夜お染は、

「あの又公が夏風邪をひきやがったってかい。馬鹿は風邪なんてひかないと思ってぃたけど、又公、見栄《みえ》を張りやがった……」

と大いに笑って、日頃は朝、昼と飯の用意をする又平が使いものにならないのなら、ずっとここへ食べに来ればよいと言っていたものを――。

それでも、〝そめじ〟が開いていようが閉まっていようが、栄三郎だけは勝手御免が許されていて、

「お染、何か食わせてくれ……」

などと店に入って手を合わせるのが常なのであるから、押し入ってやろうと中の様子を窺ってみたが、お染は出かけているようだ。

なかなかにいい加減なところのあるお染ではあるが、男勝《まさ》りで義理堅いのが身上で、自分から食べに来ればいいと言いながら留守をするとは、余ほどの事情があると思われる。

小首を傾《かし》げながら、

――そばでも食うか。

南鍛冶《みなみかじ》町にあるそば屋〝水月庵〟にでも行ってみようかと、栄三郎は日本橋に続く

大通りに出て、北へ向かって歩き出したのだが――。

そこで再びあの男を見かけたのである。

珍しく店にお染がおらず近くの道で件《くだん》の男を見かけたとなると、何やら気になる。

昨夜のお染の浮かぬ顔に、こ奴の何ともふてぶてしい顔――。

これが二つ合わさったのであるから、栄三郎が怪訝《けげん》に思うのも無理はない。

栄三郎は咄嗟《とっさ》に男との間合を取り、気付かれぬようにあとをつけた。

何やら胸騒ぎがしたのである。

男は栄三郎が向かおうとしていたのと同じ、出世稲荷の方へと歩いていく。

京橋から日本橋へかけて、稲荷社がいくつも見られる。

ここ出世稲荷はその中でも人気が高く、通りすがりにちょっと手を合わせていく者が多い。

この〝出世〟の意味は〝立身〟ではなく、世に出て人のために尽くすということであるそうな。

男は出世稲荷の裏手の方へと歩みを進めた。

鳥居の周囲には掛茶屋なども出ているが、この裏手はひっそりとした木立になっていて、涼を求める人が一時ここへ風にあたりに来たりもする。しかし、日頃はあまり人気《ひとけ》もなく、時に忍び逢《あ》う男女の姿が大樹の陰に見受けられる。

栄三郎は息を殺してあとを追った。

社《やしろ》の陰に隠れ、男の行方《ゆくえ》を窺うと、ちょうど社の裏手に女が一人立っている。

お染であった。

男はお染に会いに来たようだ。

栄三郎は迷わず傍《そば》まで歩み寄って、この男とのやり取りに耳を傾けた。

まったく不粋《ぶすい》なやりようであるが、どう考えてもこの男とお染の間に浮いたことなどなさそうだ。

栄三郎は、お染という女の好みをわかっているつもりである。この男のことについては何も知らないが見た目でわかる。単に外見で判じるのではなくて、この男の体中から発散されているどうにも陰うつな気配が、お染のもっとも嫌う類《たぐい》のものであるからだ。

栄三郎の覚えた胸騒ぎは現実のものとなった。

男の姿を見た瞬間に、こんな情景が目に浮かんでいたのである。

お染が好みでもない者とこんなところでそっと会うというのは、余ほど深い事情があるのであろう。

色恋抜きに、あくまでも客と店の女将として親しくしてきた栄三郎とお染であるから、互いの日常に干渉せぬのが暗黙の取り決めではあるが、お染に害を及ぼす者がいたとすれば許せない。

お染は男と何やら声を潜《ひそ》めて話し始めた。栄三郎は何食わぬ顔をして、社の陰で聞き耳を立てた。

しかし、気取《けど》られぬように聞き耳を立てるには少し離れすぎていて、二人の会話がよく聞きとれない。

栄三郎は苛々《いらいら》とした。

お染の口調は彼女らしく、相手が誰であろうと堂々と渡り合ういつもの威勢のよいものであった。

それでも時に沈黙が続いて、お染の様子に思い入れがたっぷりと含まれている。

内容はよくわからないが、この男から何かを報《しら》されて、動揺を見せている様子である。

男の口ぶりは丁寧《ていねい》で、

「姐《あね》さん……」

と、お染を立ててはいるが、どこか恩に着せた物の言い様。

「礼次《れいじ》さんが……」

そして時折この名が聞こえてきた。

やがて会話が途切れた。

栄三郎がそっと社の陰から窺うと、お染は男に心付けを手渡し、男はこれを拝《おが》むようにして受け取って二人は別れた。

男を見送るでもなく、お染はその場に立ち竦《すく》むと、少し憂《うれ》いを帯びた表情で空を見上げた後にその場を離れた。

その表情には、男勝りの彼女が日頃見せることのない哀切が漂っていて、いつになく栄三郎の心を乱したのである。

栄三郎は、お染に見つからぬよう慎重にこれをやり過ごすと、件の男のあとをつけて歩き始めた。

二

「いったいどういう風の吹き回しなんです。旦那がわっちを呼んでくださるなんて……」

竹八《たけはち》は艶然《えんぜん》と頰笑《ほほえ》んだ。

秋月栄三郎は深川櫓下《やぐらした》の料理屋にいて、芸者の竹八の酌《しゃく》を受けている。

竹八はお染の妹分で、いまだにお染のことを〝染次姐《そめじねえ》さん〟と呼んで慕《した》い、交誼《こうぎ》を続けている。

居酒屋〝そめじ〟にもよく現れるから栄三郎とも顔馴染《かおなじ》みで、栄三郎が深川界隈《かいわい》の裏事情をお染に調べてもらう時などは、竹八が一肌脱いでくれることが多い。

「いや、すまなかったな。売れっ子の竹八姐さんを、おれみてえなけちな客に付き合わせてよう」

栄三郎は申し訳なさそうな表情を浮かべつつ、竹八に酒を注《つ》いでやった。

「とんでもない。このところはどうもくさくさとしておりましたから、旦那とこうやってお話ができるなんてありがたいことですよう」

竹八は、辰巳芸者らしい歯切れの好い物言いでこれに応《こた》えた。

「ですが……、何やら染次姐さんに怒られそうで、ああ、怖い怖い……」

「何を言ってやがるんだ。生憎《あいにく》、お染はおれに悋気《りんき》など起こしちゃあくれねえよ」

「あら、そうでしょうかねえ……」

竹八はちょっと上目遣《うわめづか》いで栄三郎を見た。

黒目がちであっさりとした顔は、嫌みもしつこさもなくて美しい。

「わっちは、姐さんが旦那とくっついてくれたらこれほどのことはないと思っているんですがねえ……」

「ふッ、ふッ、そいつはありがてえが、あんなにしっかりとして気の強《つえ》え女とひっつこうとすると、それなりの覚悟がいるぜ」

「旦那はやっとうの先生なんだ。それくらいの覚悟は何でもないでしょうに」

「男と女が向き合う間合は、剣を交える時の間合とは違うのさ」

「へえ、旦那にしちゃあ弱気《ちけ》だ」

「当たり前だ。この間合を違えると、命に関わっちまうからな」

「ふッ、ふッ、やっとうも色恋も、どちらも命がけってわけですか……。こいつは好いねえ。ふッ、ふッ、ふッ……」

竹八はからからと笑うと、

「だが旦那……、わっちは染次姐さんの一の乾分だから申し上げますが、あの姐さんは命をかけたって損のない、好い女でございますよ」

ちょっと睨むように栄三郎を見た。

「そいつはよくわかっているさ……」

栄三郎は苦笑いで、

「だからこそ、お前に会いに来たのさ」

竹八を見つめて低い声で言った。

竹八はしっかりと頷《うなず》いて、

「染次姐さんに何かあったんですか……」

少し居住まいを正して問うた。

「何かあったかどうかは知らねえが、ちょいと気になることがあってな……」

それから栄三郎は、件の気にくわぬ男の話をし始めた。

「出世稲荷で人目を忍んで会うなんて、穏《おだ》やかじゃあねえ……」

「ちょいと妬《や》けましたか……」

「いや、お染があんな野郎に惚《ほ》れるはずはねえ……」

「なるほど……」

「それで、その野郎のあとをつけてみた」

「で、どこのどいつだったんです」

「深川冬木《ふゆき》町の裏長屋に住んでいる、吉二郎《きちじろう》という野郎だった……」

出世稲荷から立ち去る男をつけてみた栄三郎であったが、見るからに破落戸《ならずもの》のこ奴は、裏店《うらだな》ではあるがなかなかに小ざっぱりとした二階建の長屋の一軒に住んでいて、意外にも小間物屋の行商をしていることがわかった。

どうせ表向きの稼業で、その裏側でよからぬことをしているのであろう。

それとなく近辺の者数人に、

「このあたりに吉二郎という小間物屋が住んでいると聞いたが、確かな物を扱っているのかな」

と訊《たず》ねてみると、

「ああ、そんならお止《や》めなされませ。あの男は千三《せんみつ》の吉二郎と申しましてね、いい加減ないかさま野郎でございます」

と、口々に応えたのである。

「千三の吉二郎……。それならわっちも知っておりますよ」

これに竹八が反応した。白粉《おしろい》がきれいにのっているすっきりと整った顔が、不快に歪《ゆが》んだ。

竹八もまた栄三郎と同様に、吉二郎という男のことが気にくわないのであろう。

何かの縁で人は寄り集まり仲間を形成するものだが、その繋《つな》がりをさらに深くするのは、人の好き嫌いが似ていることだと言える。

「旦那の仰《おっしゃ》る通りでございますよ。あんな野郎に姐さんが肩入れするはずもないから、妬くこともありません……」

竹八は吐き捨てるように言った。

「千三の吉二郎みたいな馬鹿に会っているところを、姐さんは人に見られたくはなかったんでしょうよ」

「だが、そいつをおれに見られたってことは、因果な話だな」

「まったくですよ……」

「そんなにろくでもねえ野郎なのかえ」

「わっちは近寄らないようにしておりますからよくは知りませんが、人の弱みを見つけるのが上手で、何人もが泣かされていると聞いております……」

深川には五、六年ほど前に流れてきたそうだが、日頃はやくざ者の間を巧《たく》みに泳いで、耳寄りな話があるとこれを売り込んだりしてぶらぶらしながら暮らしている。

千三の吉二郎というくらいであるから、まったくいい加減な情報ばかりかと思うと、これがなかなか的《まと》を射ていて、卑《いや》しく嫌な匂《にお》いを撒《ま》き散らす男ではあるが、裏の世界ではそれなりに重宝されているという。

時には町方《まちかた》役人や火付盗賊改の手先などが、吉二郎に裏事情を求めることもあるというから大したものなのだ。

千三の由来はその表稼業の方で、これといった情報もなく金にあぶれる時は小間物屋になって旅に出て、千に三つだけがまともだといういかがわしい物を売り歩いて一息つくのである。

「こいつは江戸で今、大層流行《はや》り始めておりやしてねえ……」

などと江戸製であるがまったくの粗悪品などを、田舎者《いなかもの》に売りつけるのだそうな。

驚くべきことに、旅先での吉二郎はあの蛇のような目付きの表情ががらりと変わり、誰からも正直で話し好きの小間物屋に思われるというからなかなかのものである。

そうして少し金を稼ぎつつ、旅で得た情報を江戸で売るのだ。

たとえば、江戸のお大尽《だいじん》が相州《そう》の藤沢《ふじさわ》あたりに妾《めかけ》を囲い、時折商用と称しては小旅をして命の洗濯をしている――、こんな事情を聞きつけると、それをお大尽の周りの番頭あたりに耳打ちして口止め料にありつく、といった手口である。

「なるほど、まず小悪党ってところかい」

栄三郎は竹八の話を聞いて溜息《ためいき》をついた。

「いえ、小悪党じゃあすみませんよ」

竹八はさらに顔を歪めた。

「昔犯した罪を言い立てて、今は真っ当に暮らすお人を強請《ゆす》ったこともあったとか。その時はどうなったと思います？」

「身代《しんだい》をそっくり持っていかれたとか……」

「くれてやるほどの身代もなかったから、娘は身を売って、世をはかなんだ父親は首を吊《つ》って死んだとか……」

「ひでえ話だ……」

栄三郎の表情も曇《くも》った。

「首を吊った男は、子供の頃に二親に死に別れて、拾われた先が盗っ人の家で、気がつけば見張りや繋ぎをやらされていたとか……」

「それじゃあ、その男に罪はねえ。ましてや足を洗っていたならなおさらだ」

「千三の吉二郎というのは、血も涙もないと評判の男でございますよ」

「とんでもねえ野郎だ……。だが竹八、さすがにお前は詳しいな」

「こういう人でなしの噂《うわさ》を仕入れておくことが、身を守るのに何より大切なんでございますよう」

竹八は小さく笑った。

栄三郎は感じ入って、

「そうだろうよ。天下泰平に慣れちまって、たやすく悪党の口車に乗る……。そんな娘が近頃は増えているが、皆お前を見習わねえといけねえな」

大きく頷いたが、ますますその眼光は鋭くなっていく。

いったいお染は、そんな男と何ゆえ会わねばならなかったのか――。

栄三郎と竹八の不審と心配はひとつになった。

「染次姐さんが奴と何を喋《しゃべ》っていたのかは、まるで聞こえてこなかったんですか」

「ああ、生憎近くには寄れなかったのでな。ただ……、礼次という名が何度か聞こえてきた……」

「礼次……」

竹八は平然として聞いていたが、その名が出た時に一瞬の動揺を見せた。

栄三郎はもちろんそれを見逃さない。

しかし、意気込んで問いかけないのも栄三郎の身上である。

竹八は礼次という男のことを知っていると見たが、あくまでも穏やかに悪戯《いたずら》をするような表情で、

「ふッ、ふッ、こっちの方がちょいと妬ける男かい？」

少しおどけて問うた。

竹八をさらに動揺させて喋りにくくさせることのないようにという配慮——という賢《さか》しらなものでもない。

栄三郎は、お染に男の影があることに動揺してしまう自分が怖いのだ。それゆえに、己《おの》が心を騙《だま》す意味でもけれんに充《み》ちた物言いをしてしまう。

そういう男の可愛《かわい》さを見せることが、勝気な竹八には、男に動揺を見破られたという気まずさを忘れさせてくれて実に心地《ここち》が好い。

「ふッ、旦那はおもしろいお人ですねえ……」

思わず竹八の口許《くちもと》が綻《ほころ》んだ。

「そうかい……」

「芸者風情《ふぜい》が偉そうな物言いをしてごめんなさいよ。旦那のように立派な殿御がわっちなんかと一緒にいれば、知らず知らずのうちにその場の主《あるじ》に納まっちまうものなのに、旦那はどこまでも、幼馴染みの兄さんのような……。ふッ、ふッ……」

「おいおい、これでもおれだって精一杯生きている大人だぜ……」

「わかっていますよ。だからこそ、染次姐さんも心を許しているんですよ」

「心を許してくれている、か……。だが思えば、おれはお染の店に行っては手前の昔話などもしてきたが、お染がどうして芸者になったか、どんな風に好い女になりやがったか、そんな話は聞いたことがなかった……」

「芸者の昔を問うのは野暮……。だが旦那なら、そろそろ訊《き》いたって好いんじゃあないんですか」

「その、礼次のこともかい」

「あい」

「竹八、お前は知っているんだろう。もったいをつけねえで教えてくれたっていいじゃあねえか」

「そりゃあ言えませんよ」

「どうしてだい」

「他の人ならともかく、わっちが姐さんに断りもなく旦那に話しちまったら、後で叱《しか》られますからねえ」

「何でえそりゃあ。やっぱり礼次ってえのは、お染の理由《わけ》ありの男なんだな」

「気になるなら旦那、染次姐さんの口からお聞きなさいまし」

「さて、お染は話してくれるかねえ」

「姐さんが話したくないというなら、それは旦那には知られたくないということだ。

その時はお訊きなさいますな」

「そう言ったってお前、千三の吉二郎が礼次の名を出していたんだぜ。まず礼次を知らなきゃあ、お染に構ってやれねえだろう」

「そこは旦那の腕次第でございますよ。どうか姐さんのことを、しっかりと守ってあげておくんなさいまし……」

竹八はそう言うと、嫋《たお》やかな様子となって栄三郎に向き直って手をついた。

「わかったよ。まずお染に訊いてみよう。だがお前も、姉貴分に負けず劣らず好い女だねえ……」

栄三郎はつくづくと感じ入って、竹八の細い指先を見つめて言った。

三

お染の妹分の竹八は、お染に降りかかっているかもしれぬ難儀をそっと拭《ぬぐ》おうとしている秋月栄三郎の意志を汲《く》みつつも、礼次という男のことはお染から直《じか》に聞くべきだと言って語ろうとしなかった。

栄三郎贔屓《びいき》の竹八にしてみれば、その話をすることで、栄三郎とお染の仲がもっと深いものになればいいと願っていたのである。

考えてみると、栄三郎とお染の仲がじれったいと気をもんでいる者は竹八だけではないのかもしれなかった。あの、お染嫌いの又平さえ、そうなのかもしれない――。

秋月栄三郎自身、そのことはわかっている。

栄三郎は、お染という女の好さを誰よりも理解しているのは自分だと思っている。

勝気で男勝りではあるが、決して男になろうとはせず、強がりは言っても女の気持ちを忘れずに、時としてはっとするほど嫋やかな姐さんぶりを見せる。

そして何よりも、お染は栄三郎という剣客《けんかく》とも手習い師匠ともつかず、取次屋などというやくざな稼業を続けている男を、誰よりもおもしろがっている。

〝栄三〟のことなら自分に訊いてくれと、日頃より公言しているほどなのだ。かつては栄三郎などが手も届かなかったであろう売れっ子芸者であったお染が、である――。

だが、そんな二人の仲がいっこうに深まらないのは、居酒屋の女将と常連、深川界隈の事情通と取次屋という絶妙の間柄を互いに崩したくないという想いと、自分の心の内に〝忘れられぬ女〟の存在があるからだと、栄三郎は自覚していた。

その〝忘れられぬ女〟が、かつて客と遊女として激しく惹《ひ》かれ合った思い出を共有する、永井勘解由の婿《むこ》養子・房之助の実姉・萩江であることは疑いもない。

偶然にも、苦界《くがい》に沈んでいた萩江を永井家から依頼を受け、取次屋として見つけ出した栄三郎は、萩江がかつて遊女であった事実を忘れてしまわねばならなかった。

となれば、この先は生きていく世界が違う相手だと、きっぱり忘れてしまおうと思ったものだが、皮肉にもその取次ぎによって永井家と縁が深くなり、月に二度ばかり萩江に武芸の手ほどきをして顔を合わせる間となれば、やはり忘れられない。

それならばいっそお染と深くなることで、萩江を頭の中から追い出してしまえば好いのだろうが、そのような真似《まね》が出来る秋月栄三郎ではない。

女に対してどうも奔放《ほんぽう》になれない、男の純情と気の小ささが栄三郎にはある。

お染との仲が深くならないのは、栄三郎のそんな気性《きしょう》が、知らず知らずのうちに、お染との間にはっきりとした一線を画していたからなのかもしれない。

お染もまた、その一線が引かれているのを確かめていたのであろう。

あれこれ立場をわきまえる分別《ふんべつ》と、なおかつ自分から男へ下っていくものかという利《き》かぬ気を、同時に持ち合わせているお染である。

栄三郎が引いている一線を乗り越えてくることもあるまい――。

栄三郎はそう頭に思い描いて、お染との仲を周囲の連中に問われると、

「ありゃあ、きれいな女の姿をしているが、実はおれの兄弟分なのさ……」

などと言って笑いとばし、お染との間合を保ってきた。

ところがここへ来て、お染にもまた自分と同じ、一線を飛び越えることを思い止《とど》まらせる〝忘れられぬ者〟の存在があるのかもしれないと、栄三郎は思うに至ったのである。

もちろん、お染ほどの女のことだから、昔浮名《うきな》を流した男とていたであろう。お染もまた、栄三郎に対して同じ想いを持っていたはずだ。

ただ、大人の男女が互いの昔を問うのは野暮なことだと訊かずにいたし、お染が昔を引きずる女であるとは思いもしなかった。

――だが、今度ばかりは話が違う。

千三の吉二郎なる破落戸が口にした〝礼次〟が〝忘れられぬ男〟であったとしても、ここは一番、話を訊かずばなるまい。

「旦那、そろそろ店を仕舞う頃ですぜ……」

夏風邪から脱け出しすっかりと元気になった又平が、外から手習い道場に戻ってきて伝えた。

お染が吉二郎というおかしな男に付きまとわれているのかもしれない――。

栄三郎は又平だけにはそれを伝えていた。

犬猿の仲であっても、それは仲間内であるからこその繋がりである。

又平は元気になるや、お染の様子をそっと窺っていたのである。

「よし、そんならちょいと行ってくらあ……」

栄三郎は入れ替わりに外へ出て、一人で居酒屋〝そめじ〟に出かけた。

栄三郎がお染と吉二郎を出世稲荷で見てから、三日目の夜であった。

京橋を渡って橋の袂《たもと》から店を見ると、今しも手習い道場裏手の〝善兵衛長屋〟に住む、大工の留吉《とめきち》と左官の長次《ちょうじ》が出てくるところであった。

「ありがとうよ……」

見送って出てきたお染が歯切れの好い口調で声をかけると、店を仕舞うつもりなのか紺暖簾《こんのれん》に手を伸ばしたが、

「何です、今時分からお出ましですかい」

そこへ小走りに店の前へと出た栄三郎を認めて顔をしかめた。

「これで休めると思ったというのに……」

しかし、その目は笑っている。

「一杯飲んだら帰るから、頼むよ……」

栄三郎は瞬時に人の緊張を解きほぐす、満面に浮かべた笑みをお染に向けた。

「ふッ、ふッ、女将、栄三先生に頼まれりゃあ仕方あるめえ」

「いつものことじゃあねえか、飲ましてさしあげなよ……」

留吉、長次はお染に頰笑みかけると、

「先生、まあごゆっくり」

「あっしらは帰りますよ……」

栄三郎に小腰を屈《かが》めて帰っていった。

「おう、お前ら付けをためるんじゃあねえぞ！　おれの付けが利かなくなるからよう！」

栄三郎は留吉と長次の背中へ声をかけると、

「ふッ、いい加減なことを言ってるよ……」

ふっと笑うお染に、

「おれに構わず店を閉めてくんな。生憎今日は、家の酒が切れているんだが、ちょいと飲みてえ気分なんだよ……」

「何だいそりゃあ……」

「四十も近くなればよう、あれこれ頭ん中を駆け巡ることもあるってことさ……」

「フッ、男というのは厄介《やっかい》だねえ。まあいいや。今宵《こよい》は店仕舞いしてから一杯やるかい」

「ありがてえ。客と思わねえでいいからよう」

「でも、代はいただくよ」

「わかっているよ。さてと、店仕舞いだ……」

栄三郎は暖簾を入れ、軒行灯《のきあんどん》の明かりを落としあれこれお染を手伝うと、定席の小上がりにその身を移し、暗けりゃあ酒の味もわからないと、小さな燭台《しょくだい》を置いて明かりを灯《とも》した。それから自分で徳利《とっくり》の酒を茶碗《ちゃわん》に注いで、冷やのままぐいっとやった。

お染はそれへ、甘辛く煮た蛸《たこ》に山椒《さんしょう》の粉をふりかけた肴《さかな》を出してやる。

「おっと、こいつは好い香りだ。まずお前も飲みねえ……」

栄三郎は素早くお染の前にも小ぶりの茶碗を置いてやり、徳利の酒を注いだ。

「ありがとうよ」

「なに、遠慮するな。お前んところの酒だ……」

「そうだったね……」

いつも変わらぬお染とのやり取りであった。

今までに何度もこんな風景がこの居酒屋で見られたが、今日のお染にはいつになく哀感が漂っている。

やはり千三の吉二郎が、お染に暗い影を投げかけているのは間違いない。

それでも栄三郎はまったく気付かぬふりを決め込んで、

「おれはこんな暑い時分になると、大坂の親父殿《おやじ》のことを思い出してしまうのよ」

つくづくと言った。

「暑い時分になると思い出すのかい」

「ああ、今が一番辛《つら》い時分だからな」

「そうか。栄三さんのお父《と》っさんは、野鍛冶《のかじ》をしていたんだね」

「ああ、覚えていてくれたのかい」

「当たり前ですよう。わっちは秋月栄三郎のことは何だって知っているのさ」

「そうだったな。このあたりでおれの昔をよく知っているのは、又平の他にはお前が一番だ」

「ひょっとすると又公より知っているよ。お父っさんは正兵衛《しょうべえ》、兄さんは正一郎《しょういちろう》、おっ母《か》さんはおせい……」

「大したもんだ……」

「住吉大社の鳥居前で野鍛冶を営む家に生まれたってえのに、倅《せがれ》の栄三郎は武士に憧《あこが》れて、剣術なんぞにうつつを抜かし、あげくに十五の時に江戸へ出て、剣術修行を始めたとさ……」

「はッ、はッ、その通りだよ。親父と兄貴は汗みずくになって、真っ赤に焼けた鉄を叩《たた》いているってえのによ。好い気なもんだ……。とどのつまりは武士にも剣客にもなりきれずにこのざまだ……」

「そんなことを思った時に、ちょいと飲みたい気分になるのかい」

「そういうことだ……。ふッ、お前は何事もわかってくれているから楽でいいや」

栄三郎はこんな話の間に二杯を飲み、お染には三杯を注いでいた。

それくらいの酒に酔うお染ではないが、独《ひと》りで生きる女が頼れる男の前でほっと息をつく——その一時に酔うこともある。

お染の頰は、ほんのりと朱に染まってきている。

「そういやあお染……」

「何だい……」

「お前の昔を聞いたことがなかったなあ」

「芸者の昔を訊くのは野暮、語るのも野暮……。そうじゃあなかったのかい」

「そう言ったのは、まだお前とこんなに親しくなかった時さ」

「そうだったかねえ」

「そうさ、いつかお前の昔を訊ねてやろうと、ずうっと思っていたのだ……」

「嫌だよ」

「嫌かい」

「話したくないよ」

「わかったよ。嫌ならよしにしねえ」

「生まれ在所は武州川越《ぶかわごえ》さ」

「何でえ、話してるじゃあねえかよ」

「ふッ、ふッ、ふッ……」

「はッ、はッ、はッ……」

目の前の燭台の明かりがゆらゆらと揺れた。

「お父っさんの名は染五郎《そめごろう》、おっ母さんはおたき……。お父っさんは腕利きの川越船《せん》頭《どう》さ……」

川越船頭は、武州川越から新河岸川《しんがし》、荒川《あら》を通って江戸浅草花川戸《はなかわど》まで船を出す船頭のことである。

船には往復共に多種の荷が積まれ、その舟運《しゅううん》は隆盛を極《きわ》めた。

「舟唄が上手で、威勢の好い男伊達《だて》のお人だった……」

「川越船頭が歌う舟唄といやあ千住節《せんじゅぶし》だ。一度聞いてみたかったものだ」

「わっちは子供の頃から男勝りで、無理を言っちゃあお父っさんの船に乗せてもらったものさ」

「船に乗って江戸へ……」

「何度も行ったさ。お父っさんは早く嫁に行けと言ったが、わっちは女だてらに船頭をやってみたいと言って、二親を困らせた」

「その時の様子が目に浮かぶようだよ」

「十五の時におっ母さんが亡くなって、それからわっちはお父っさんの世話をしたよ」

「お前は随分《ずいぶん》とお父っさんのことが好きだったんだな」

「ああ、あんな好い男はいなかったよ。苦味走った顔をして、体はこう引き締まって、世話好きで、喧嘩《けんか》が強く、やさしくて……」

「おまけに舟唄も上手だったとか。そりゃあ大した男だ」

「ところがその二年後に、胸を病んで寝込んじまったのさ。そん時、わっちは世間というものを知ったよ。それまでお父っさんの世話になっていた連中が、動けなくなったお父っさんにまるで寄りつかなくなりやがった……。皮肉なものでねえ、どういうわけだか、助けてくれようとする人は皆貧乏で、とてもわっちら父子《おやこ》の面倒など見られない」

「そこでお前が江戸へ出て、金を稼ごうと思ったんだな」

「そういうことさ。深川辰巳じゃあ、男勝りの姐さんが評判だと聞いていた。そこなら自分にも勤まるんじゃあないかと……」

腕の好い船頭で、千住の花街にも顔が利いた染五郎の娘ということで、世話をしてくれる人があって深川へ。

染五郎は粋《いき》な男で、娘のお染を可愛がり、あれこれと習い事などもさせていたから、器量も気風《きっぷ》も好くて芸達者なお染は、染次という名でたちまち売れっ子芸者となった。

才覚もあり、人に疎《うと》まれることのない染次はすぐに自前となった。

そうして病に臥《ふ》せりがちであった父・染五郎に金銭を送り、励《はげ》まし、それを生き甲斐《がい》にやってきたのであるが、

「お父っさんは、それから何年も経《た》たないうちに死んじまったのさ……」

お染は大好きであった父親の死を思い出し、溜息をついた。

小上がりの燭台の灯が大きく揺れた。

「何やら切ねえ話だが、お前のお父っさんは、この先花も実もある娘の縛《しば》りになりたくはなかったんだろうよ」

栄三郎はにこりと笑ったが、

「何言ってんだい。こっちにとっちゃあ、生きててくれてこその話だよ」

お染はちょっと怒ったように言う。

「違《ちげ》えねえ……。こいつは、わかったようなことを言っちまったな。すまねえ……」

「謝ることたあないよ。栄三さんの言う通りさ。だからわっちはお父っさんのことが不《ふ》憫《びん》でねえ……」

栄三郎と飲んで話すうちに、お染の気持ちは随分と和《やわ》らいできた。

――まったくこの男は、迷惑なはずなのに、いつも好い折に訪ねてくれるもんだ。

お染の心の声は、しっかりと栄三郎に届いていた。

「そのまま川越へ戻ろうとは思わなかったのかい」

「そんな気持ちも頭を過《よぎ》ったが、芸者になって色を売り物に稼いだりすると、方々に義理や借りができちまうのさ……」

「なるほどなあ……。おまけに、惚れた男の一人、できちまったりもするもんだ」

「さて、そんなこともあったかねえ……」

お染はこれをさらりと受け流したが、

「ここまで昔話を聞いたんだ。そんなことも聞いてみてえな」

栄三郎もまたさらりと訊ねた。

「何だい栄三さん……。お前の昔の男の話なんて聞きたくもねえや……。そう言ってはくれないのかい」

お染は詰《なじ》るように言った。

「ずっとそう思っていたよ。だが、去年のいつのことだったかなあ。お前には、礼次っていういい人がいたと聞かされてよう。その野郎のことがずっと頭の中に引っかかっていたんだよ……」

栄三郎は鎌をかけるようにして、礼次の名を投げかけてみた。

お染は大きな息をついて、燭台の灯をまた大きく揺らした。

「何だい……。余計なことを言う奴がいるんだねえ」

「ああ、おれも聞きたくはなかった。だが、耳に入ったからには、お前の口から聞きたくなったのさ。お前がまたいつその礼次とよりを戻して、京橋からいなくなるのか……。そんなことを思っちまってな……」

「馬鹿だねえ……」

お染の表情が、また穏やかなものに戻った。

「栄三さん、今日はそんな話をしようと思ってやって来たのかい」

「まさか……。こうやってお前と久しぶりに差し向かいで話すうちに、つい訊いてみたくなったのさ」

栄三郎は相変わらず泰然自若《たいぜんじじゃく》としている。

「いつかわっちが好きで好きで堪《たま》らなくなった時に、あんなことを訊くんじゃあなかった……。そう思ったって知らないよ」

「そうだな……。そうなりゃあおれは、先《せん》の男に悋気を病むんだろうなあ……」

「どうしようかねえ……」

お染は小さく笑った。

礼次のことは、いつか栄三郎の耳に入るだろうと思っていた。

その時、栄三郎はどのような反応を見せるだろうかと考えたこともあった。

きっと栄三郎は、お染の深川の頃の話が出た時は、自分の耳に入る寸前でうまくその場を離れて聞かずにいるだろう。秋月栄三郎はそういう男だと思っていた。

それが耳に入ったというのは、余ほど間の悪い者がいて、栄三郎は聞かざるをえなかったのであろう。

耳に入れば気にもなる。いつかお染に訊いてみようかと思いつつなかなか機会がなく、今宵となったのだとすれば、何と好いたらしい男であろうか――。

取次屋栄三の耳に入ったのだ。礼次とのことはどうせ遅かれ早かれ知れるであろう。

「あれこれは言わないよ……」

お染はきっぱりとした表情となって、茶碗の酒を豪快に飲み干した。

栄三郎はにこやかに頷いた。

「礼次さんというのはねえ、わっちのために人を殺して、江戸にいられなくなったお人なのさ……」

「お前のために人を殺した……」

「わっちは勝気が因果さ。お座敷で気に入らない客がいりゃあ、つい減らず口を叩いちまう。それが好みの客もいるが、中には恨《うら》みに思う客もいる。意趣返しをしようと企《たくら》んでいるのに気付いた礼次さんが、わっちを守ろうとして、力が余って……」

そこまで言うと、お染は言葉が続かず目を閉じた。

「それで礼次は江戸から逃げたのかい」

お染はゆっくりと頷いた。

「その後、どうなったんだい。捕まえられたかい」

お染は首を横に振った。

「そんならどこかにいて、今は穏やかな暮らしを送っているのかもしれねえな……」

「そう思っているよ……」

お染は何とか言葉を絞《しぼ》り出した。

「それきり礼次さんが、どこでどうしているのかは知らないんだよ」

「それだけに、お前にとっては忘れられないのだろうなあ……」

栄三郎はしみじみとした声で言った。

お染はそれには応えずに、煙管《キセル》師・鉄五郎からもらったという逸品を手にして、燭台の火で一服つけて黙りこくった。

こんな時はかえって威勢を張るのがお染であるが、何と言って笑いとばせば好いのか、言葉が出てこなかったのであろう。

それを煙草《たばこ》の煙を吐くことで逃げた。

栄三郎も鉄五郎作の煙管を取り出した。これもまた、頑固な煙管師からもらった逸

品――。しばらく燭台の火はゆったりとして、真っ直《ます》ぐに天を向いて明かりを放っていたが、

「この話の続きを知りたきゃあ、そうさねえ、竹八にでも訊いておくれな……」

嘆《なげ》きとも笑いともつかぬお染の吐息に、いやいやをするように哀しく揺れた。

四

「ふん……、栄三さん、そういうお前だって、〝忘れられぬ女〟がいるんじゃあないのかい……」

献上《けんじょう》の帯をきゅっと締めて、お染は独り言《ご》ちた。今日の昼は店を閉め、出かけなければならなかった。

栄三郎と過ごした夏の夜の一時――。

ついに礼次という男の存在を明かしたお染であったが、どうもあれから落ち着かなかった。

あの夜、後のことは竹八にでも訊いてくれと言って、少しの間黙って酒を酌《く》み交《か》わ

して栄三郎とは別れた。

それから三日が経ったが、栄三郎はというと、いつもと変わらぬ様子で朝、昼、夜と何度も店に立ち寄ってくれた。

だが、本音を言うと、あの夜、栄三郎に何故《なぜ》今日のことを打ち明けなかったのか、そればかりが頭の内を過っていた。

これからお染は、あの汚《けが》らわしい千三の吉二郎という破落戸に会わねばならぬのである。

吉二郎という下衆《げす》野郎が深川に流れてきたことを、芸者時代のお染は人の噂に聞いていた。

その後、遊女屋の主・若狭《わかさ》屋粂蔵《くめぞう》の宴席で見かけたことがあった。

どうせ〝耳寄りな話〟をあれこれ持ち込んで取り入ったのであろうが、そもそもお染はこの粂蔵が嫌いであった。

何かというと人を見下した物言いをして、芸者を犬や猫のように思っている節のある男であったからだ。

料理屋に入っても、あそこの酒が美味《うま》いだの、どこそこの鯛《たい》の鱠《なます》はこたえられないなどとわかったようなことを並べた挙句《あげく》、

「それに比べると、ここの料理はどうもいけないねえ……」

などと言っては悦に入る。

吉二郎などを同席させているというだけでも、粂蔵の人となりが知れようものだ。

それゆえお染は、若狭屋のいる宴席だけは勘弁してもらいたいと断ってきたが、同席する客への義理絡《がら》みでやむなく出ねばならない時もある。

そんな日に、粂蔵が同席した芸者に、やれ気が利かないだとか芸がないだとか言ってこき下ろし始めたので、とうとう堪忍袋の緒《お》が切れて、

「ふん、女を食い物にして暮らしている、そんな男が利いた風なことを言うんじゃあないよ！」

その場でお染は啖呵《たんか》を切ってしまった。

お染の一言に快哉《かいさい》を叫ぶ者も少なくなかったが、粂蔵は、満座の前で芸者に罵《のの》しられては立つ瀬がないとお染を憎んだ。

そしてこの憎しみが、お染と礼次の幸せを潰《つぶ》してしまうことになる。

礼次は腕の好い左官職で、特にこて絵に秀《ひい》でていた。彼が漆喰《しっくい》壁に描く竜の絵などは絶品で、しかも速くて安上がりに仕上げるので、深川界隈ではひっきりなしにお呼びがかかった。

改修普請《ぶしん》などが仕上がった祝いの席に招かれることなどは日常のことで、そんな座敷でお染とは知り合った。

いつも控えめであるが座持ちがよく、芸者衆、幇間《ほうかん》、男衆《おとこし》、女中に至るまでに気遣いを見せて、請われればちょっとばかり恥ずかしそうに千住節を歌う。

これがまた好い喉《のど》で、お染は父・染五郎のことが思い出されて何度も目頭《めがしら》を熱くしたものであった。

威勢の好さも、苦味走った表情も、礼次は染五郎と似たところがあり、お染はいつしか礼次に心惹かれるようになった。

それは礼次も同じことで、たちまち二人は恋に落ちていく。

だが、お染には芸者としての義理を果すべきしがらみもあったし、礼次の方も売れっ子芸者の染次を己が物にするとなると世間も騒ぐし、すぐに一緒になるには難しいことも多かった。

それゆえ二人は決して熱くならずに、そっと知る人ぞ知る仲を保ちつつ、分別のある大人の恋を育《はぐく》んでいったのだ。

病に倒れた父親を何とかしようとして死なせてしまった後の絶望と虚無。気風の好い辰巳芸者を演じつつ心の内に抱える屈託――。お染はそれを礼次によって克服できた。

そして、お染と同じく肉親の縁に恵まれずに、やっと一人前の左官になった時にはただ一人となっていた礼次もまた、お染というお天道様《てんとさま》の申し子のような女の明るさに、この先の己が幸せを託したのであった。

それがある日、左官職の弟分がとんでもない話を聞いてしまった。

普請場の足場に上って仕事をしていると、そこから隣《となり》の遊女屋の窓格子が見えた。

弟分は悪戯心にかられて、足場伝いにそっと上から窓の内を覗《のぞ》き込んだ。

ところがそこに遊女の姿はなく、店の主がやくざ者に何かを話している様子が窺われた。

やくざ者は深川界隈でよく見かける鼻つまみ者で、遊女屋の主は若狭屋粂蔵であることがわかった。

どちらもいけすかぬ奴である。どうせろくでもないことを話しているのだろうと、弟分はそっとその場から離れようとした。

ところがその時、

「染次の奴、二度と座敷に上がれねえような面《つら》にしてやるぜ……」

怒りにまかせて声が大きくなってしまったのであろう、粂蔵の言葉がはっきりと耳に入った。

弟分は凍りついた。染次が〝兄ィ〟と慕う礼次の想い人であることを、彼は知っていた。

思わず聞き耳をたてると、まさしくそこで染次の襲撃を企てている。粂蔵は、あの日の座敷での恥辱を晴らさんとしていたのである。

弟分はすぐにこれを近くの普請場にいる礼次に伝えた。

礼次は逆上した。すぐに町役の者にでも伝えておけばよかったのであろうが、連中は今にも染次を襲うつもりのようである。そんな悠長なことはしていられなかった。ましてや礼次は、喧嘩では子供の頃から負け知らずであった。話を聞くや傍にあった手頃な丸太を一本手にすると、単身駆け出した。

今日、お染は三十三間堂《さんじゅうさんげんどう》の裏手にあるひっそりとした料理茶屋へと出かけることになっていた。

その途中には両脇を竹藪《たけやぶ》に囲まれた小路がある。粂蔵はそこでやくざ者にお染を襲わせ、自分はそれをそっと見届ける段取りであったのだ。

礼次は駆けた。すると件の小路の向こうに、箱屋を一人従えて歩くお染の艶姿《あですがた》があった。

「お染！」

染次ではなく、お染と呼ばうのは礼次ならではのこと。

お染は惚れた男の呼ぶ声に、ぽっと頰を赤らめて振り返ったが、それと同時に二人組の暴漢がいきなり竹藪の中から出てきてお染に殺到した。

「何をしやがる！」

咄嗟にお染を庇《かば》おうとした箱屋は哀れにも暴漢の一人に蹴《け》り倒されて、今一人が手にした剃刀《かみそり》をお染の顔めがけて振り下ろした。

だが、子供の頃から男勝りで、喧嘩の間合を知っているお染であった。履《は》いていた下駄を素早く脱ぐと、片方を男の顔面めがけて投げつけた。

これが見事に男の眉間《みけん》に命中し、

「うッ……」

と、男は顔を片手で押さえ、振り下ろした剃刀も大きくくずれた。

「野郎！」

そこへ礼次が駆けつけた。

礼次は箱屋を蹴り倒し、お染を押さえ込もうとした一人を背中から丸太で殴《なぐ》りつけると、剃刀の男の両腕を勢いよく打った。

男は剃刀を取り落とし、情けなくもやくざ者二人は退散した。

「礼さん……」

お染は、こんな難儀に駆けつけてくれた男が他ならぬ礼次であったことが嬉《うれ》しくて、珍しく涙を浮かべた。

襲われたのが怖かったのではない。こういう偶然が起こるのは、二人が余ほど深い縁で結ばれていて、礼次が絶えず自分のことを気にかけているからであろうという感慨が、喜びと同時に湧《わ》き上がったからである。

だが礼次にすれば、勝気で物事に動じたことのないお染を泣かせた奴の存在が許せなかった。

そして、そういう感情や、普請場にこの丸太ん棒がちょうど落ちていたことに加えて、さらなる巡り合わせが悲劇を生んだ。

小路の向こうに、慌《あわ》てて逃げる若狭屋粂蔵の姿が見えたのだ。

そっと逃げれば好いものを、慌てふためいて躓《つまず》き転んだのがしっかりと礼次に見え、さらに逃げ出したのが彼をさらに逆上させたのだ。

「待ちゃあがれ！」

礼次はまた丸太を手に駆け出した。

体力の差は歴然としていた。

たちまち追いつく礼次に、

「な、何だいお前は……。おれを誰だと思ってやがるんだ。そんなもの振り回してどうしよってんだ！」

粂蔵は悪口雑言《あっこうぞうごん》を投げかけた。

「やかましいやい！」

礼次はもう自分を抑えようがなかった。

怒りに任せて振り下ろした丸太が粂蔵の脳天を打ち砕いた。

「しまった……」

我に返った時は遅かった。

粂蔵は頭から血を流し、動かなくなっていた。

前方から歩いてきた商家の手代と丁稚《でっち》の二人連れが、この様子を見てその場で固まった。

「ひ、人殺し……」

そして、あっという間に駆け去った。

あまりにも状況が悪かった。

いくら弟分から襲撃を聞いて駆けつけたといっても、それは足場から覗き見たという負《お》い目があるし、吐かせようにも命じた粂蔵は死んでしまった。

実際に暴漢が現れたのだが、これを追い払ったのは正当であっても、その後無腰の粂蔵を殺害してよいものではない。

「逃げておくれ……」

お染は礼次の手を取って懇願《こんがん》した。

自分のことでお前をお縄にさせることは出来ない。生きていればまたどこかで会えるかもしれないではないか——。

お染と別れるなら生きていたって仕方がないと思ったが、お染に涙ながらに言われて礼次は腹を決めた。

「お染、馬鹿なおれを許してくんな……。おれは大丈夫だから、くれぐれもこの先、おれに義理立てなどするんじゃあねえよ……」

それが最後に聞いた礼次の言葉であった。

礼次はその場から姿を消し、以後、行方知れずとなった。

お染は箱屋と礼次の弟分達、そしてあらゆる実力者に頭を下げて、礼次のことを庇った。

幸いにも、町方同心達は若狭屋条蔵の悪評と、礼次の人となりをよく知っていたから、わざと調べをもたつかせ、礼次が逃げる間を与えてくれたのである。

お染はそれから己が恋を封印した。

「くれぐれもこの先、おれに義理立てなどするんじゃあねえよ……」

礼次はそう言ったが、生きていればまたどこかで会えるかもしれないではないかと言った自分が、しかも礼次を人殺しにさせてしまった自分が、新たな恋など出来るはずはない。

そしてその時から今まで、礼次からの便りはなかった。

自分がお染に便りを出すことで、お染に迷惑がかかってはいけない。自分の安否を報せることで、お染の幸せを妨《さまた》げるのではないか――。

礼次はそんな思いでいるのであろう。

そんな気持ちはわかり過ぎるくらいわかっている。

だが、そうだと言って礼次のことを忘れられるものではない。

お染はやがて深川を出て、居酒屋の女将となった。

色んな町の男達に囲まれながら、こ奴らをうまく捌《さば》きながら時が過ぎれば好いと思っていた。

そこに現れたのが秋月栄三郎という厄介な男であった。

自分の礼次への想いが、過ぎ去った人との昔話だと思えてきた頃に現れ、色恋抜きに自分を大事に扱ってくれた。

そこには気取りも遠慮も照れもなかった。

どこか世を拗《す》ねて、男の誘いをはねつけて、今度何かあったらいつ死んでもいいという頑《かたく》なな気持ちにずかずかと入ってきて、いつしか栄三郎の仲間内にさせられていた。

周囲から、栄三郎とは〝人も羨《うらや》む仲〟と言われるまでになったが、お染は一線を画し続けた。

それはもちろんのこと、いまだどうしているかも知れぬ礼次への義理立てであったのだが、同じく一線を画する秋月栄三郎にも〝忘れえぬ女〟がいることを、お染は肌で感じていた。

だからこそ、栄三郎には女の甘えを見せたくはなかった。

それでも今度のようなことが起これば、仲間内として遠慮なく栄三郎に助けを求めてもよかったはずである。

それをしなかったのは、あの忌《いま》わしい千三の吉二郎がある日訪ねてきて、

「礼次さんのことで話したいことがあるんですよ……」

と、礼次の名を出したからであった。お染は啞然《あぜん》とした。

久しぶりに聞くその名に、お染は何かたかりに来たのなら一分《ぶ》でも渡して追い返すつもりが、礼次の名を出されると、つっけんどんには出来なかった。

今しも店から栄三郎が帰っていったのが幸いだと思った。

お染は今すぐにでも聞きたい想いを抑えて、とにかく明日出世稲荷社で会おうと約した。

そしてその当日、千三の吉二郎は小間物の行商先で礼次を見たとお染に告げたのだ。

「あれは礼次さんに間違いはありませんや……」

吉二郎は自信たっぷりに言った。

礼次は吉二郎と面識はなく顔も知らなかったのだが、人の噂を餌《えさ》に生きていた吉二郎は、自分を贔屓にしてくれた若狭屋粂蔵が、満座の中で恥をかかされた染次という芸者について、すぐにあれこれ調べていたとみえる。それで礼次の顔を窺い見て覚えたらしい。

「礼次さんは達者に暮らしておりやすよ。今じゃあ箱屋の太之助《たのすけ》としてねえ……。ヘッ、ヘッ、箱屋といっても、姐さんの三味線《しゃみせん》の箱を担《かつ》ぐ箱屋じゃあねえですよ……」

吉二郎は皮肉な笑いを浮かべた。

話を聞くに、礼次はとある所で居職の箱屋を営み、大小の木箱を作ってひっそりと暮らしているというのだ。

共に暮らす三太郎《さんたろう》という子供がいて、これは礼次が捨て子であったのを拾ったそうな。

吉二郎は小間物の行商で何度かその町に通ううちに、礼次と知り合い親しくなったのだという。

「で、その太之助という箱屋は、自分が江戸で左官をしていた礼次だと言ったのかい」

「いや、まさかそんなことは言いませんよ……」

「じゃあどうして、太之助が礼次だとわかるんだよう」

「隠したって顔を見りゃあわかりますよう。あっしは、神奈川の宿に住む小間物屋の七五郎《しちごろう》って触れ込みで会っておりやすから、安心したんでしょうかねえ、一度文《ふみ》を書いてくれましたよ」

自分は無学でろくに字も書けないのだが、恩人に文を送りたいので代筆してくれないかと頼んだのだと言う。

吉二郎はその文を広げて見せた。

お染の目は釘付けとなった。その文をじっくり見ると、確かに書かれた文字の手は礼次の書いたものに見えた。

神奈川の宿に住んでいる者だと安心させ、代筆を頼んで直筆の書を自分の手に入るようにするとは、何と芸の細かい男であろう。

しかも、文章には〝染〟〝礼〟の字がいくつか出てくるようにしてある。この字は何度も見たものであった。

「心配はいりやせんよ。あっしは何も、訴人をしようなんて思っちゃあいねえ。ただ、礼次さんが達者でいる様子を見かけたんで、まずはそうっと姐さんにお報せしようと……」

吉二郎は小腰を屈めたが、その目は狡猾《こうかつ》に笑っていた。

「ふん、それでわっちに恩を着せて、何かたかろうとしているのかい」

お染は弱みを見せずに突き放したような物の言い様で応えたが、吉二郎はしたり顔で、

「信じちゃあもらえねえんで……」

「お前を信じろったって無理な話さ。今の文だけじゃあ、その人が礼さんかどうかわかりゃあしないじゃないか」

「お疑いなら、今度もう少し詳しい証拠をお見せいたしやしょう」

「今度……」

「こういうことは小出しにするのが、あっしの世渡りでございますよ」

「もうお前なんかと会いたくないと言ったら？」

「姐さんはそんなことは仰いませんよ。礼次さんの居所をあっしは知っている。だが姐さんは知らねえんだ。今日のところは帰りやすから、まず駕籠《かご》代くれえは恵んでやっておくんなさいまし……」

お染はこう言われると、吉二郎の言うことに従うしかなかった。

再会を約しその場は一分を渡して別れたが、心の内は千々《ちぢ》に乱れた。

そんな時に、秋月栄三郎が宵にふっと現れて、お染の昔話などを肴に一杯やって帰っていった。その時にどれほど気分が和んだことかしれない。

それでもお染は今日のことを栄三郎に打ち明けられなかった。昔の男に関わることで破落戸に絡まれているとは言えなかったのだ。

それは栄三郎に対する恋情の表れかもしれなかった。

「どうして栄三の野郎は、わっちの昔を忘れさせちゃあくれないんだい。わっちが今でも札さんのことを忘れられずにいると吉二郎なんかに見透《みす》かされて、困っているってえのにさあ……」

自分に対して一線を画し続ける栄三郎にも〝忘れられぬ女〟がいるのであろう。

「これじゃあ、この先あの男とも、いつまでたっても他人のままだねえ……」

〝忘れられぬ男〟への情に縛られる身をかこちながら、それでもお染は背筋を伸ばして店を出た。

行き先は八丁堀の北にある薬師堂《やくしどう》である。

千三の吉二郎とは、そこにある茶屋の奥庭で会うことになっていたのである。

五

薬師堂は、東と南を町方の与力、同心の組屋敷に接したところにある。

その境内《けいだい》の奥に設《しつら》えられた閑静な茶屋は、庭の内の所々に床几《しょうぎ》が置かれ、その周囲には植込みや竹垣が巧みに配され、好い具合に目隠しとなっている。

それゆえ、人目を避けたい話などする時にはちょうど好い席となっている。

一番奥に置かれた床几に、吉二郎は座っていた。

町方役人の組屋敷にも近く、少し北へ行けば大番屋のあるこのあたりで会おうというのは、いざともなれば人殺しの礼次をいつでも訴え出るぞという、吉二郎の暗黙の脅しが含まれているのかもしれないとお染は思った。

礼次が捨て子を拾い箱屋となって暮らしているのならば、それはめでたく嬉しい話である。

だが、日々の平穏に、礼次はつい旅の行商の男に気を許してしまったのかもしれない。

「おや、やはりおいでになると思っておりましたよ……」

吉二郎は会うや否《いな》や、お染の全身を舐《な》めるように見てニヤリと笑った。

「詳しい証拠とやらはどれなんだい……」

お染はにこりともせずに床几の端に腰をかけ、切口上で言った。

「まあ、そんな風に怒らねえでくだせえよ……」

お染は何か言おうとしたが、浅黄色の前垂《まえだ》れをした茶屋の女がやって来たので茶を注文すると、それが運ばれてくるまで押し黙った。

やがて茶屋の女が茶を置いて立ち去ると、吉二郎は懐《ふところ》から手拭《てぬぐ》いに包んだ根付《ねつけ》を取り出してお染に渡した。

「これは……」

お染の顔にたちまち動揺が浮かんだ。

黄楊《つげ》で作られたその根付は、打出《うちで》の小槌《こづち》に鶴亀が刻《きざ》まれているという凝《こ》った物で、これはまさしくお染が礼次のために誂《あつら》えさせた逸品であった。

「そいつに見覚えがござんしょう」

吉二郎は、ちょっと勝ち誇ったように言った。

「お前は……、これをどうやって手に入れたんだい……!」

お染は怒りに震えた。

礼次はこの根付を、以前の自分が知れるかもしれぬというのに捨てられずに持っていたのに違いない。これを簡単に人に渡すはずはない。こ奴が盗んだのに決まっている。

「さて、どうやって手に入れたか……。そいつは申し上げられませんねえ……」

吉二郎は薄笑いを浮かべた。

「言えないというのはどういうことだい。盗んだからだろう」

お染はきっと吉二郎を睨みつけたが、

「ふん、盗んだらどうだってえんだよう……」

吉二郎はついに悪党の本性を現した。

「人殺しが逃げてのうのうと暮らしているのを見つけたんだ。こんなこたあ滅多とねえ。おれも人の噂を売るのが商売だ。姐さんが礼次にやったという打出の小槌の根付を何としても手に入れて、こいつを売り物にしようとしただけのことだ。盗んだも、拾ったも、もらったも、どうだっていいや。おらあ確かに礼次の居所を知っているんだよう……。ふッ、てこたあどういうことだ。奴を生かすも殺すも、おれの胸の内ひとつだってことさ。姐さん、そいつを忘れなさんな……」

やはりそういうことかとお染は歯噛《はが》みした。

吉二郎は小間物の行商に出た先で礼次を見かけ、巧みに親しくなって、折を見て盗みに入ったのであろう。

どのような手を使ったか知らぬが、礼次とて二六時中気を張りつめているわけにはいかなかったのだ。ましてや、幼子を生きる望みの支えとして育てる身には隙《すき》も生まれようものだ。

「わっちにどうしろってんだい……」

お染は静かに応えた。

どうせ吉二郎の腹は知れている。お染に何かを迫り、断るならば畏れながらとお上に訴え出て、礼次を捕まえてもらうというのであろう。

お染は逃がしてやりたくとも、礼次が今どこにいるのかは吉二郎しか知らないのだ。

ということは、礼次が生きているか死んでいるかもわからないことになる。

だがここでお染が吉二郎に、二度と自分の前に現れるなとはねつけて、礼次が捕えられたとの報せを受けたとしたら一生の悔やみとなろう。

吉二郎はそこを攻めてくる。

「言っておきやすが、礼次さんは生きておりやすよ。あっしの言ったことに間違いはねえ。ひとつ頼みを聞いてくれりゃあ、礼次さんの居所はきっと教えてさしあげましょう」

そして再び下手に出て、小出しに要求を盛り込んでいくのだ。

「その頼み事とは……」

こんな奴の言うことが信じられるものか――。苦悩しながらもお染は訊ねた。

「そうこなくっちゃあいけねえや。なに、大したことはねえんですよ。いえね、丁字《ちょうじ》屋の旦那が、一度で好いから姐さんと差し向かいで一杯やりてえと仰っていましてねえ……」

吉二郎はまた下手に出ながら言った。

「丁字屋……」

お染の顔が歪んだ。

それを見てとった吉二郎は、今日はここが潮時だとばかりに、

「すぐに返事をくれたあ申しませんよ。ちょいと考えてみておくんなさいまし。何と言ったって、今さら礼次さんのことで姐さんが一肌脱ぐこともねえんだし、礼次さんがどうなろうがうっちゃっといたって姐さんの罪にもならねえんだ。断ったって好いんですよ。その根付は姐さんの許《もと》へお戻し致しやすから、とにかく返事はまた次の折に……」

吉二郎はニヤリと笑った。

まずお染が断ることはあるまい。もし吉二郎に騙されたとしても、一度は礼次のためにこの身を尽くす——そうしないと気が済まぬのが、〝染次姐さん〟と人に慕われたお染という女であることを、吉二郎は見抜いているのだ。

「わかったよ……」

お染は今すぐにでも、髪に挿《さ》した簪《かんざし》を抜いてこ奴を殺してしまいたい衝動にかられたが、ひとまずこの場から逃れたくて、

「考えておくから、くれぐれも礼次さんに手出しをするんじゃあないよ……」

鋭い目で吉二郎を睨みつけた。

六

「又平、あれこれすまなかったな……」

その日の夜更《よふ》けのこと。

秋月栄三郎は手習い道場の自室で、又平と膝《ひざ》をつき合わせて話していた。

箸の先に焼き味噌《みそ》をつけて、これを時折ちょっと舐めて味わいながら、二人は茶碗酒を何杯も飲んでいた。

「いえ、千三の吉二郎かなんかは知りやせんが、手前のことを見られるのは慣れておりやせんで、まったく他愛《たわい》のねえものでさあ……」

又平は怒りを押し殺しつつ、この日の成果を栄三郎に伝えていた。

ここ数日。

栄三郎は毎朝〝そめじ〟に朝飯を食べに行っていた。

そこで必ず、

「昼もまた食いに来てえんだが、開いているかい」

と訊ねるのであるが、この日は生憎野暮用があるとのことで、昼間は閉めるという。

さてこそ今日が千三の吉二郎と再び会う日だと察して、栄三郎は朝餉《あさげ》を済ませるとすぐに手習い道場に戻って又平に見張らせた。

又平は店を出たお染のあとをつけた。

そして薬師堂の境内にある茶屋へ入るのを見届け、植込みの陰に隠れ、吉二郎との会話に聞き耳を立てたのだ。

こんな時のために、又平は植木屋の姿をしている。

「ほう、これはまた趣《おもむき》のある前栽《せんざい》でございますな。ちょっと見せてもらってもようございますかな……」

などと言って庭をうろつくことが出来るからである。また、忍び込むことになったとしても、この姿なら木に登っていても塀《へい》の上にいても怪しまれないというものだ。

このところの又平の潜入、探索はますます巧みになってきて、奉行所の隠密廻《おんみつまわ》りや火付盗賊改の手先など、十分にこなせるほどの腕にまでなっている。

この日も茶を頼みつつ庭を誉《ほ》め、言葉巧みに庭をうろつくことを得て、お染と吉二郎が話す床几のすぐ傍にある竹垣の陰に潜み、二人の会話を盗み聞いたのである。

先日の出世稲荷での時とは違い、この日又平はしっかりと二人の話を聞きとった。

あらかじめ栄三郎から、礼次のこと、吉二郎のことについて聞かされていたゆえに、薄《うつす》らとしか聞こえぬ言葉にも想像が働くのも強みであった。

そうして、吉二郎がお染に持ちかけた頼み事を聞きとり、二人が別れた後は吉二郎のあとをつけた。

吉二郎が向かった先は、永代橋のやや西側にある茶道具屋であった。

そこは二人の会話に出てきた丁字屋という屋号であった。

又平、今度は屋根の上に軽々と上ると、そっと体を伏せながら奥座敷の上を探した。

「丁字屋の旦那様、先般お聞きしたあの話。ええ……、お染と差し向かいで一杯やる話でございますよ……。あっしが何とかいたしましょう」

今度の会話も容易に知れた。

「え、吉二郎さん、それは本当かい」

丁字屋平右衛門《へいえもん》は、必ずやお染を口説き落としてみせるという吉二郎の言葉に半信半疑だ。

「あの女は染次と言った頃から気が強くて、思わぬ者が贔屓についているから、下手《へた》に手を出すと危ないのではないのかねえ……」

どことなく嫌みな喋り口調の中に弱気なところを覗かせていたものだが、

「ご心配には及びませんや。あの女は、あっしの言うことには首を縦に振るしかねえ理由《わけ》がございましてね……」

吉二郎はここでも売り文句は小出しにしつつ、己が手柄を誇張してみせていた。

だが、悪巧みとはなかなかうまくいかない。必ず思わぬ偶然から綻びが出るものだ。

吉二郎は、お染という女が持つ仲間の広がりをいささか甘くみていたようだ。

今、この企みをすべて、取次屋・秋月栄三郎がお見通しであることを知る由《よし》もない。

「あっしはお染は大嫌いでやすが、あの吉二郎ってえのはろくなもんじゃあありませんぜ」

又平は気分の悪さを紛《まぎ》らすように茶碗の酒を飲み干した。

「すまなかったな。又平、今度のことは何もかも忘れてやってくんな」

栄三郎はそう言うと、又平に二分を小遣いだと言って渡した。先日、永井勘解由邸での幽霊騒動解決へ合力して五両の金子《きんす》を礼に受け取っていたから、今は金銭に余裕があった。

又平はこれを押し戴《いただ》いたが、久しぶりに見る秋月栄三郎の怒りの表情に気圧《けお》された。

「あん時、五両をもらったお蔭で、また深川で竹八に会えるというものだぜ……」

栄三郎の眼光の鋭さは、ますます冴《さ》え渡ってきたのである。


翌日。

栄三郎は深川へ出て、再び竹八を座敷へ呼んだ。

今や染次に代わって売れっ子の名を轟《とどろ》かす竹八であったが、姉と慕う染次絡みのこととなれば何をおいても駆けつけるのが信条であった。

栄三郎は調べのすべてを伝えずに、千三の吉二郎が何か礼次絡みの話を持ち出して、お染を丁字屋平右衛門という男と引き合わそうとしているようだと伝えた。

「丁字屋……」

竹八はたちまち顔をしかめた。

「芸者の頃の姐さんを追い回していた、どうしようもない色狂いですよ……」

染次の勝気さが気に入って、あれこれ叱りつけられながらことに及びたいと、かねがね宴席で冗談か本気かわからぬ様子で話していた。

お染はそれが気持ち悪くて、丁字屋の丁の字が出るだけで〝鶴亀鶴亀〟とばかりに忌《い》み嫌ったという。

恐らく吉二郎はこの噂も巧みに仕入れて、何とか間を取り持とうとしているのであろうと竹八は言った。

「きっと礼次さんが江戸に残した義理を掘り起こして、断れないようにしているのに違いありませんよ」

竹八は吉二郎が礼次の今の居所を摑《つか》んでいることまでは知らないが、大よその見当をつけていた。

だが、栄三郎にとっては、丁字屋が何者であるかわかればそれでよかった。

「よし、そんな野郎ならおれがうまく手を回して、吉二郎なんかとつるんでいると大変な目に遭《あ》うってことを思い知らせてやるよ」

どうせお染もそのくらいの脅しにのるような女でもないのだが、強がらずに一言おれに相談すればいいものを……。などと言って竹八に心配をかけぬよう気遣いをみせ、その日はすぐに別れた。

しかしこの時、秋月栄三郎の腹は決まっていた。

栄三郎は櫓下の料理屋を出ると、そのまま木場《きば》の方へと向かった。木場に囲まれたところに茂森《しげもり》町という町屋があり、その北側に崎川《さきかわ》橋という橋が横川《よこ》と交わる仙台堀の上にかかっている。

その橋に一歩踏み出したあたりで栄三郎は、

「ふッ、やはりそうか……」

と小さく笑った。

竹八と別れてからここまで来る間、何者かにつけられている気がしていたが、それが確かなものとなった。

「まあ好いか……」

栄三郎は構わず橋の中程で立ち止まり、端へ寄って横川の暗い水面《みなも》を眺めた。

尾行者は気配を消した。恐らく橋の南詰にある材木置場あたりで様子を見ているに違いない。

その材木置場の向こうには、このあたりの材木商がよく使う料理茶屋があり、軒行灯が淡い光を湛《たた》えていた。

その料理茶屋は、材木商相手に茶道具を商《あきな》う丁字屋平右衛門もまた行きつけで、今宵もここで宴《うたげ》を開いているはずであった。

しかし、そんな喧騒もこの橋の上にいると想像も出来ない。渡ってしまえば久永町《ひさながちょう》の明かりがちらほら見えるが、小さな橋の上は暗黒の別世界である。

栄三郎はしばらくそこに立ち続けた。丁字屋の宴席に顔を出しているはずの吉二郎が、恐らく通るであろうと読んでのことだ。すると、やがて提灯《ちょうちん》の明かりがひとつ近づいてきた。

「よし、奴だ。ついている……」

心の内で呟《つぶや》く栄三郎は、だらしなく川へ反吐《へど》を吐く素振《そぶ》りをして、

「おお、お前さん、吉二郎さんかい……。すまねえがちょいと飲み過ぎちまって、足がもつれちまってよ……」

と、馴れ馴れしい声をかけた。

提灯の主はまさしく千三の吉二郎で、丁字屋の宴席に呼ばれての帰りであった。

「はて……」

吉二郎は誰であったかと提灯をかざしたが、俯《うつむ》いて酔いにえずく栄三郎が誰だかよ

くわからない。

「おれだよ……。おれだ……」

栄三郎は苦しそうに息を吐いた。

「こいつは大変そうですねえ……」

誰かはすぐにわからないが、噂を売って生きてきた吉二郎である。以前どこかで会っていたとしたら、放っておくと都合の悪いことになるかもしれない。

吉二郎はさらに出て提灯をかざした。

しかしその刹那《せつな》、その提灯は栄三郎の手に渡っていた。

上体を起こした瞬間——。栄三郎は腰の刀を抜き放ち、吉二郎の腹へと深々と突き立てたのである。

「うッ……」

吉二郎は低い唸《うな》り声を僅かに発するとその場に崩れ落ち、先ほどの栄三郎と同じく、酔い潰れたかのような姿勢のまま動かなくなった。

暗闇《くらやみ》の橋の上を渡る提灯の明かりは、そのまま栄三郎の手によって向こうの岸へと辿《たど》り着いた。

栄三郎は何食わぬ顔で、そのまま横川沿いに北へと歩いたが、もうひとつの提灯の明かりがひたひたと背後から近づいていることには気付いていた。

「わざわざ助けに来てくれたのかい……」

栄三郎は、やがて立ち止まって先ほどから気になっていた尾行者に言った。

「ああ、又平に聞いたのだ」

声の主は剣友・松田新兵衛であった。

「近頃は又平め、余計なことをしやがる……」

栄三郎は苦笑いを浮かべたが、その切れ長の目には友への感謝が溢《あふ》れんばかりに浮かんでいた。

又平は、今日の栄三郎が自慢の差料《さしりょう》である河内守康永《かわちのかみやすなが》ではなく、父・正兵衛が生涯ただ一振り、栄三郎のために打った無銘の刀を腰に差しているのを見て察したのであろう。

栄三郎が吉二郎を斬ると――。

この無銘の一振りは、栄三郎の守り刀であるのだ。

だが、悪党の吉二郎にはもしかして用心棒が遠巻きに付いているかもしれぬし、何かと危険が付きまとう。それゆえ、そっと松田新兵衛を訪ねて耳打ちをしたのである。

「ふッ、危ない様子と見れば仕掛けたりはしねえよ」

「だが、見事に仕留めた。おぬしは恐ろしい男だな……」

「あ奴は女の生き血を吸う鬼だ。生かしておいては何人もの人が苦しむ」

「そういえば、前にも同じようなことがあった……」

それは、これから世に出ようという秀才・塙《はなわ》房之助の実姉であることを種に、永井家老女・萩江を長く強請り続けた不良浪人とその乾分を、かつて栄三郎が口封じに密《ひそ》かに殺したことであった。

「ああ、あの夜もお前はそれを察して、おれにもしものことがあればと、そっと助けに来てくれたな……」

新兵衛はにこやかに頷いて、

「いずれもおれの助けなどいらなんだが、どうもおぬしは人の気持ちをやきもきとさせる」

「そいつはすまぬな。これでも人助けをしようと思って生きているのだが……」

「人助けか……。あの折は萩江殿のため、この度《たび》はお染のために人を斬ったか……」

「ああ、おれは女には弱いんだよ。又平からあれこれ聞いたか」

「いや、今宵おぬしがお染のために命をかけるとだけ聞いた」

「そうか、そんならこれから何もかも話すゆえ、まずは水谷町へ寄ってくれ」

「相わかった……」

「よし、ならまず、これはいらねえな」

栄三郎は吉二郎から取った提灯を燃やすと、やがてこれを川へと捨てた。

暗がりに、ぼうっと赤い炎が浮かんで消えた。

お染の恋の思い出のごとく……。

吉二郎を斬ったことで、礼次の居所はわからなくなった。

だが、礼次はもう二度とお染の前には現れまいと思っているのに違いない。どんな風にお染と繋ぎをとったとて、お染のためになら好くはならぬことを、礼次はわかり過ぎるくらいにわかっているのだろう。

それでも、生きていればいつか巡り合える日が来るかもしれない――。

お染の心の内にこの想いがある限り、礼次への恋の炎は、すぐには消えぬことであろう。

千三の吉二郎が小間物の行商をどのあたりでしていたかは、調べれば見当もつこう。

吉二郎の言った話が本当ならば、その町に、箱屋をしながら拾い子を育てる太之助という男がいるはずだ。

何年かかるかはしれないが、いつか彼を見つけてあの打出の小槌の根付が、お染の手から再び礼次の許へ戻るようにしてやれたら……。

だが、千三の吉二郎が何者かに殺害されていたと聞いて、お染はどう思うであろうか――。

栄三郎は、傍にいてくれるだけで何とも心が落ち着く友の横であれこれ想いを巡らせ、思いつくままに語った。

「新兵衛、奴はお染をどこまでもいたぶるつもりだったのに違いない。丁字屋という色狂いに会わそうとしていたというが、汚《きたね》え手を使って身を売らそうという魂胆だったんだ。この丁字屋にも、うまい手を使って脅しをかけねえといけねえな……」

悪い奴とはいえ、人を殺《あや》めた後の昂揚《こうよう》が、栄三郎をやたらと能弁にしていた。

新兵衛は、そんな栄三郎をにこやかに見て、

「ふッ、ふッ、萩江殿といい〝そめじ〟の女将といい、栄三郎、おぬしに惚れられた女は幸せだな……」

友の肩を強く叩いて歩調を速めた。

「惚れられた……。おい新兵衛、それじゃあおれは、あっちでもこっちでも女に惚れ

る色事師みてえじゃあねえかよ……。まったく痛《いて》えなあ、肩が抜けるかと思ったぜ。おい、ちょっと待てよ新兵衛……」

栄三郎は、無二の友の巌《いわお》のような背中にまくしたてながらあとを追った。

夏の夜はさらに更け、お染がこの町に残す慕情をも包み込み、闇があたりを支配した。

一〇〇字書評

深川慕情

切り取り線

購買動機（新聞、雑誌名を記入するか、あるいは○をつけてください）	
□（　　　　　　　　　　　　　）の広告を見て	
□（　　　　　　　　　　　　　）の書評を見て	
□ 知人のすすめで	□ タイトルに惹かれて
□ カバーが良かったから	□ 内容が面白そうだから
□ 好きな作家だから	□ 好きな分野の本だから

・最近、最も感銘を受けた作品名をお書き下さい

・あなたのお好きな作家名をお書き下さい

・その他、ご要望がありましたらお書き下さい

住所	〒				
氏名		職業		年齢	
Eメール	※携帯には配信できません	新刊情報等のメール配信を 希望する・しない			

この本の感想を、編集部までお寄せいただけたらありがたく存じます。今後の企画の参考にさせていただきます。Eメールでも結構です。

いただいた「一〇〇字書評」は、新聞・雑誌等に紹介させていただくことがあります。その場合はお礼として特製図書カードを差し上げます。

前ページの原稿用紙に書評をお書きの上、切り取り、左記までお送り下さい。宛先の住所は不要です。

なお、ご記入いただいたお名前、ご住所等は、書評紹介の事前了解、謝礼のお届けのためだけに利用し、そのほかの目的のために利用することはありません。

〒一〇一・八七〇一
祥伝社文庫編集長　坂口芳和
電話　〇三（三二六五）二〇八〇

祥伝社ホームページの「ブックレビュー」からも、書き込めます。
http://www.shodensha.co.jp/bookreview/

祥伝社文庫

深川《ふかがわ》慕情《ぼじょう》　取次屋《とりつぎや》栄三《えいざ》

平成26年9月10日　初版第1刷発行

著　者　岡本《おかもと》さとる

発行者　竹内和芳

発行所　祥伝社《しょうでんしゃ》

東京都千代田区神田神保町3-3

〒101-8701

電話　03（3265）2081（販売部）

電話　03（3265）2080（編集部）

電話　03（3265）3622（業務部）

http://www.shodensha.co.jp/

印刷所　錦明印刷

製本所　ナショナル製本

カバーフォーマットデザイン　中原達治

 ISBN978-4-396-34065-0 C0193

祥伝社文庫の好評既刊

岡本さとる
取次屋栄三《えいざ》

武家と町人のいざこざを知恵と腕力で丸く収める秋月栄三郎。縄田一男氏激賞の「笑える、泣ける」傑作時代小説。

岡本さとる
がんこ煙管《ぎせる》　取次屋栄三②

栄三郎、頑固親爺と対決！「楽しい。面白い。気持ちいい。ありがとうと言いたくなる作品」と細谷正充氏絶賛！

岡本さとる
若の恋　取次屋栄三③

名取裕子さんもたちまち栄三の虜に！「胸がすーっとして、あたしゃ益々惚れちまったぉ！」大好評の第三弾！

岡本さとる
千の倉より　取次屋栄三④

「こんなお江戸に暮らしてみたい」と、日本の心を歌いあげる歌手・千昌夫さんも感銘を受けたシリーズ第四弾！

岡本さとる
茶漬け一膳　取次屋栄三⑤

この男が動くたび、絆の花がひとつ咲く！人と人とを取りもつ〝取次屋〟の活躍を描く、心はずませる人情物語。

岡本さとる
妻恋日記　取次屋栄三⑥

亡き妻は幸せだったのか？日記に遺された若き日の妻の秘密。老侍が辿る追憶の道。想いを掬う取次の行方は。

祥伝社文庫の好評既刊

岡本さとる
浮かぶ瀬
取次屋栄三⑦

神様も頬ゆるめる人たらし。栄三の笑顔が縁をつなぐ！　〝仕掛け〟に不良少年が選んだ道とは？　取次屋の心にくい

岡本さとる
海より深し
取次屋栄三⑧

女子アナ中野さん、栄三に惚れる！「キミなら三回は泣くよと薦められ、それ以上、うるうるしてしまいました」

岡本さとる
大山まいり
取次屋栄三⑨

ほろっと来て、笑える！　極上の人生劇場。涙と笑いは紙一重。栄三が魅せる〝取次〟の極意！

岡本さとる
一番手柄
取次屋栄三⑩

どうせなら、楽しみ見つけて生きなはれ。じんと来て、泣ける！〈取次屋〉誕生秘話を描く初の長編作品！

岡本さとる
情けの糸
取次屋栄三⑪

断絶した母子の闇を、栄三の取次が明るく照らす！　どこから読んでも面白い。これぞ読み切りシリーズの醍醐味。

岡本さとる
手習い師匠
取次屋栄三⑫

栄三が教えりゃ子供が笑う、まっすぐ育つ！　剣客にして取次屋、表の顔は手習い師匠の心温まる人生指南とは？

祥伝社文庫　今月の新刊